Günter Wendt

Die letzte Fähre ging um fünf

Günter Wendt

Die letzte Fähre ging um fünf

Ein Krimi von den Halligen

edition krimi

Nordseeküsten-Krimi

Wendt, Günter: Die letzte Fähre ging um fünf. Ein Krimi von den Halligen. Hamburg, edition krimi 2021

1. Auflage 2021
ISBN: 978-3-946734-89-5
Das Original ist 2017 im Ahead and Amazing Verlag erschienen.

Dieses Buch ist auch als eBook erhältlich und kann über den Handel oder den Verlag bezogen werden.
ePub-eBook: 978-3-946734-97-0

Satz: 3w+p GmbH, Rimpar
Lektorat: Dr. Katrin Schäfer und Kristina Jelinski
Umschlaggestaltung: © Annelie Lamers, Hamburg
Umschlagmotiv: www.pixabay.de

Bibliografische Information der Deutschen Nationalbibliothek: Die Deutsche Nationalbibliothek verzeichnet diese Publikation in der Deutschen Nationalbibliografie; detaillierte bibliografische Daten sind im Internet über https://dnb.d-nb.de abrufbar.

Die edition krimi ist ein Imprint der Bedey & Thoms Media GmbH, Hermannstal 119k, 22119 Hamburg und Mitglied der Verlags-WG: www.bedey-thoms-verlag.de

---

https://www.edition-krimi.de
Gedruckt in Deutschland

Fährschiff

Ein Tag vor dem Unwetter

17:00 Uhr

Das kleine Fährschiff *Strandkrabbe* pflügte durch die Wellen des Wattenmeeres mit Kurs auf Grienoog. Der Kapitän Hauke Ehlers, gleichzeitig Chef der *Reederei Carstens,* war guter Dinge. Er scherzte mit einem der Offiziere, als er die Geschwindigkeit erhöhte, sodass die Gischt am Bug meterhoch spritzte.

Herrliches Wetter! Sonne, 24 Grad, und Wind mit Stärke 4 bis 5 von vorne.

Besorgt blickte sein Gesprächspartner durch die Frontscheibe auf den Bugbereich, wo sich Urlauber juchzend vor dem Wasser in Sicherheit brachten. Der Wind war nicht das Problem. Auch nicht die Wellen. Er machte sich eher Sorgen um die Passagiere, die im Innenraum saßen und nicht wussten, ob sie sterben oder sich übergeben sollten.

„Käpt'n, … sollten wir nicht etwas langsamer …?"

„Ach was. Papperlapapp! Das hält mein Mädchen aus!", unterbrach ihn Ehlers. Mit seinen knapp 80 Jahren ließ er es sich nicht nehmen, eigenhändig die *Strandkrabbe* jeden Tag von Husum nach Amrum zu steuern. Das war seine Welt. Hier kannte er sich aus. Auf See musste man nur die Geräte im Auge behalten. Sonst gab es nichts zu tun. Und Gas geben natürlich. Volle Kraft voraus! Früher gab es nur einen Kompass, das Radar und eine Karte. Heute leistete der Autopilot die meiste Arbeit. Nur das Ab- und Anlegen musste manuell gesteuert werden.

Manchmal fragte er sich, ob das Schiff nicht alleine dorthin fahren könnte. Ferngesteuert über Satellit oder per Software. War aber verboten. Irgendwann in ferner Zukunft würde es das sicher geben. Dass immer noch Menschen auf Schiffen benötigt wurden, fand er allerdings ganz in Ordnung. Er schüttelte innerlich den Kopf. Eine Seefahrt wäre dann nicht mehr lustig. Sie wäre todlangweilig. Würde er nicht durch das Wattenmeer mit überhöhter Geschwindigkeit preschen, wäre der Spaß vorbei. Bei der Wasserschutzpolizei war er bekannt dafür und hatte auch bereits mehrere Strafen einkassiert. Seine Mitarbeiter bekamen jedes Mal eine ungesunde Gesichtsfarbe, wenn sie hörten, dass „der Alte" wieder auf der Brücke stand. Das bedeutete unter Umständen zerbrochenes Geschirr, kotzende Gäste und den einen oder anderen blauen Fleck eines Passagiers, der zu viel Bier getrunken hatte.

Das Schiff hüpfte auf den Wellen, donnerte auf das Wasser, tauchte tief ein und weiter ging der Wellenritt. Ehlers wusste genau, was er von seiner Krabbe verlangen konnte. Das hatte er im Urin. Bauchgefühl und so. Erfahrung.

„Grienoog", gab er lakonisch von sich, bevor die anderen die Hallig mit ihren Ferngläsern entdeckt hatten. Darüber wunderte sich inzwischen niemand seiner Mitarbeiter. In den 70er-Jahren, als Ehlers seine Schiffe zu steuern begann, wurden immer hektisch die Gläser an die Augen gepresst. Nee, der konnte doch nicht! Konnte er! Heute hatten sie sich daran gewöhnt, dass zehn Minuten vor Ankunft der Chef behauptete, dass da vorne diese oder jene Hallig oder Insel liegen würde. So auch dieses Mal.

Krachend kam Leben in die Lautsprecher. Ein Mitarbeiter der Reederei machte die Passagiere darauf aufmerksam, dass sie das erste Ziel in Kürze erreichen würden. Die Durchsage beendete er mit den obligatorischen Hinweisen für das bevorstehende Anlegemanöver.

Ein müder Mann in einer schwarzen Lederjacke saß auf dem Oberdeck. Nicht mehr ganz jung, aber nicht unsportlich. An den Schläfen graue Haare, im Gesicht einen Dreitagebart. Im Nacken baumelte ein Zopf. Seine Beine steckten in ausgewaschenen Jeans, die Füße in blauen Sneakers. Neben ihm ein großer Lederkoffer, der schon bessere Tage gesehen hatte, und zwei gelbe Umhängetaschen aus LKW-Plane, auf dem das Logo einer Spedition zu erkennen war.

Das Schiff vollführte die letzten Manöver, als die Gangway auch schon auf die Holzbohlen des Anlegers geknallt wurde. Mit einem Ächzen erhob sich der Mann, richtete seine Jacke, griff sich den Koffer, hängte sich die Taschen um und blinzelte in die Sonne.

Er zog eine lädierte Zigarette hervor und steckte sie sich in den Mund.

„Herr Kollerup!", knarzten die Bordlautsprecher empört mit einer Prise Vorwurf, „Wir wären dann da."

Der Angesprochene richtete seinen Blick zur Schiffsbrücke und winkte dem ungeduldigen Offizier, bevor er als einziger Passagier die Fähre verließ. Hinter ihm wurde rasselnd die Gangway eingeholt und die *Strandkrabbe* schoss weiter Richtung Amrum.

Hauptkommissar Kollerup, Leiter der Husumer Mordkommission, ließ seinen Koffer fallen und zündete sich die Zigarette an. Mit ausgebreiteten Armen und halbgeschlossenen Augen stand er im Wind, mit leicht flatterndem Zopf und ausgebreiteten Armen. Eine Hallig wie aus einem Film. Sattgrünes Gras mit den Sprenkeln des Halligflieders.

Ganz in der Nähe ragte ein weißleuchtender Haubarg auf einer Warft auf. Mehrere mit Reet gedeckte Häuser standen auf anderen Warften. Außer direkt am Hotel gab es keine Bäume. Niedrige Sträucher und Büsche, gebeugt vom stetigen Wind, beherrschten die karge Landschaft. Über allem spannte sich ein tiefblauer wolkenloser Himmel, über den Schwalben hin- und herflitzten. *Scheiße,* ging es ihm durch den Kopf, *ist das geil hier!* Er setzte sich auf eine Bank, die am Anleger stand, rauchte seine Zigarette. Und diese Ruhe!

Dass er Urlaub bitter nötig hatte, spürte er erst jetzt. Zu Hause in der Husumer Mordkommission gab es zurzeit nichts zu tun. Das bisschen Arbeit würde sein Kollege Larsson schon schaffen. Außerdem war dieser Urlaub für ihn kostenlos. Alles inklusive. Er hatte in einem Preisrätsel des *Husumer Tageblattes* den ersten Preis gewonnen. Eigentlich mit Partner. Da er seit Jahren keine feste Partnerin hatte und niemanden sonst mitnehmen wollte, griff er zu, als man ihm sagte, dass er dann eben drei Wochen bleiben durfte. Das, was er hier sah, übertraf sämtliche Erwartungen. An eine kleine, muffig riechende Pension hatte er gedacht, als er in der Beschreibung des ersten Preises las, dass das *Hotel Deichvogt* auf der Hallig Grienoog liegen solle.

Er trat die Zigarette aus und schlurfte zum Hotel. Mit jedem Schritt fiel die Müdigkeit von ihm ab.

Als er die Warft erreicht hatte – sie war doch weiter weg vom Anleger, als es den Anschein hatte –, war er total verschwitzt. Und sie war höher, als er dachte. Eine Treppe führte zum Eingangsbereich, die ihn an den Song *Stairway to heaven* erinnerte. Gottlob kam ihm ein Angestellter entgegen, der ihn mit den Worten begrüßte: „Moin. Schon da? Sie hätten den Beeper am Anleger benutzen sollen, dann wäre ich mit dem E-Mobil gekommen."

„Beeper?", fragte Kollerup.

„Ja, mit ihrem Smartphone können sie per App, die Sie bei der Buchung bekommen hatten …" Er verstummte, als der Kommissar ihm seinen Klapp-Knochen zeigte. „Ach …, so was gibt's noch?" Ungläubiges Staunen.

„Ich hab' mein Diensthandy zu Hause gelassen." Kolle zuckte mit den Schultern, als der Angestellte sich den Koffer schnappte und die Stufen hochpreschte. Minuten später fand sich ein schnaufender Polizist dann ebenfalls im Foyer ein. Eine hübsche junge Frau begrüßte ihn lächelnd.

„Moin, Herr Kollerup! Ich bin Nele. Willkommen im *Deichvogt!*"

„Moin." *Das fängt ja gut an,* freute sich Kollerup und füllte die Formulare aus.

Hotel

Der Tag des Unwetters

10:00 Uhr

Der erste Morgen im *Deichvogt* begrüßte Kollerup mit einem sonnigen und Hitze versprechenden Tag. Sein Zimmer lag Richtung Westen und er war froh, dass er nicht das Zimmer gegenüber genommen hatte. *Da knallt jetzt voll die Sonne rein,* dachte er und wünschte dem dortigen Bewohner alles Gute. Andere hatten es noch schlechter getroffen. Die südlich gelegenen Zimmer waren sicher unerträglich. Aber dank der Klimaanlage ließ es sich vielleicht dennoch aushalten. Mit einem Seufzer stand er auf und hätte sich beinahe seinen Kopf an einem der Dachbalken gestoßen. Rustikales Zimmer. Modern und luftig gebaut, aber rustikal. Er öffnete das Fenster in der Gaube und sog die frische Nordseeluft ein. Er machte eine angedeutete Kniebeuge und steckte sich die erste Zigarette des Tages zwischen die Lippen. Ließ es aber dabei bewenden. *Wer weiß, was die sich alles hier ausgedacht hatten. Vermutlich gibt es hier versteckte Sprinkleranlagen mit eingebauter Kamera und die Tür wird vom Chef persönlich mit der Axt eingeschlagen, um das vermeintliche Brandopfer zu retten.* Er beugte sich aus dem Fenster und rauchte hastig.

Es schien ein schöner Sommertag zu werden. Sein Zimmer lag in Richtung Westen und er hatte nur den stahlblauen Himmel und das spiegelglatte Wasser vor sich. Eine leichte Brise, kaum zu spüren, trieb träge den Geruch von Salz, Sommerblumen und Gras zu ihm. Fast schämte er sich, diese

Luft mit Tabakrauch zu entweihen. Es war so still, dass er das Wummern der Maschine eines Küstenmotorschiffs spüren konnte, das zu einem Ziel irgendwo an der Nordseeküste unterwegs war.

Mit der Kippe in der Hand hoffte er, dass das Reetdach schwer entflammbar war. An der Dachrinne unter dem Fenster drückte er die Glut aus und schnippte den Rest fort. Wo sie landete, konnte er nicht sehen, weil die Flugbahn unterhalb der Dachkante endete. Vermutlich in einem der Blumenbeete, die rund um den Haubarg angelegt waren. Ihm war es egal.

Nach zehn Minuten in der exklusiven Schnick-Schnack-Dusche hatte er endlich herausgefunden, wie er nass werden konnte. Aha, hier drücken, da ziehen und dann … nein. Also dort ziehen und dort drehen … eiskaltes Wasser ließ ihn nach Luft schnappen. Aber nicht von oben, sondern aus der Wand! Hey! Die Dusche ist kaputt! Er schlug auf einen roten Knopf und seine Beine wurden von einem knallharten heißen Strahl massiert.

Völlig erschöpft, mit Restseife in den Haaren, hatte er sich nach einer halben Stunde notdürftig duschtechnisch gereinigt. Während an der Decke ein Ventilator sich Mühe gab, die feuchte Luft abzusaugen, tastete er im Nebel nach seinem Handtuch. Er erwischte erst einen Waschlappen, dann ein kleines Handtuch. Der Spiegel war sehr groß, aber so stark beschlagen, dass man nichts in ihm erkennen konnte. Vergeblich versuchte er, ihn mit einem Handtuch soweit trocken zu reiben, dass er sich halbwegs sehen konnte.

Exakt nach 90 Minuten stand ein frischer Kollerup vor dem Frühstücksbuffet.

Es tummelten sich nur wenige Gäste in dem nach außen offenen Restaurantbereich. Draußen auf der Veranda standen mehrere Tische, an denen bereits Gäste saßen. Er hasste diesen „Used Look", der sich in vielen Hotels an der Westküste wie ein Virus verbreitete. Hellgrau-weiße Möbel, mehrmals abgeschliffen und mehrmals halbherzig gestrichen. Sah aus wie das Ergebnis einer scheinbaren jahrzehntelangen Benutzung. Oder war es eher „Country House Style“? „Shabby“ war es sicher, entschied er. Wie diese abgerissenen Jeans, die man für viel Geld kaufen konnte. Er sah sich an, was dieser Kasten zu bieten hatte. Alles, was man nicht braucht. Sogar die unsäglichen Sausages gab es, und natürlich Bacon! Wer isst morgens verbrannten Schinken? Er schüttelte sich innerlich, als er sah, wie ein Gast sich Rührei auf den Teller schaufelte. Einen Berg Rührei. Morgen geht die Welt unter oder Schlimmeres. Darum heute noch mal richtig reingehauen!

So saß Kollerup dann mit vier anständigen Brötchen und Marmelade an einem Tisch. Genau abgemessene Butter, die für acht Hälften ausreichend war, und eine Kanne Kaffee waren strategisch vor ihm verteilt. Zur Feier des Morgens hatte er zwei Scheiben Käse noch dazugelegt. Mit Marmelade ein Gedicht! Genüsslich schlürfte er den Kaffee.

Scheiße! Darauf hätte man ihn vorbereiten können! Der übliche „Einen-Aufs-Maul-Guten-Morgen-Kaffee“. Härteste Dröhnung, nachträglich mit dem Schweißbrenner geröstet. Er hob eine Hand und orderte „anständigen Filterkaffee und nicht dieses Teerzeugs“.

Nach dem Frühstück schlenderte er durch das Hotel. An der Bar des Hotels vorbei, die sinnigerweise *Hafenbar* hieß, zum Fitnessraum, den er links liegenließ. Ein klitzekleiner Andenkenladen, eher ein Verschlag, vollgepackt mit „Souvenirs der Nordsee“. Angebliche „Nordseesteine“ lagen dort, die er schon in der Schweiz als „Original Bachsteine“ gesehen hatte. Ansichtskarten und anderer Tinnef, den die gutbetuchten Gäste mit nach Hause nehmen konnten, vervollständigten das zu erwartende Angebot. Daran schloss sich ein Fahrradverleih an. Fand er übertrieben. E-Bikes auf einer Hallig! Aber es fanden sich immer Deppen, die für zehn Minuten Radfahren zehn Euro bezahlen. Das war es auch schon im Erdgeschoss, wenn man von der Küche und den Gebäudeteilen absah, die man zum Betrieb eines Hotels benötigte. Auf dem Flur, der das kleine Foyer mit dem Hinterausgang verband, schlenderte Kollerup zum südlichen Ausgang hinaus. Hinter einem aufwändig aufgespülten Strand: das Wattenmeer.

Etwas verloren standen hier zehn Strandkörbe herum. Es war erst kurz vor Mittag, aber schon ziemlich heiß. Die noch nicht aufgeklappten Sonnenschirme, stilisierte Palmen mit Plastikblättern, hingen schlapp herunter. Er hatte Ähnliches schon auf Postkarten gesehen. Austauschbares Ambiente. Mallorca, Ägäis, Mittelmeer oder Pazifik. Der Eingang zum Strand säumte ein mit krakeliger Schrift beschriebenes Schild. „Chill-Kröten-Zone", stand lustigerweise darauf. Eine Bartheke, die ebenfalls aus einem der Südseeserien zu stammen schien, stand verwaist ohne Barkeeper neben dem Eingang. Aus versteckten Lautsprechern tröpfelte lässige Fahrstuhlmusik oder „Lounge", wie es heute hieß. *Stairway to heaven* … grauenhaft mit einem Piano verkitscht. Nicht seine Welt, entschied Kollerup.

So schlenderte er eine Stunde auf der Hallig herum. Am Anleger vorbei, der jetzt bei Niedrigwasser öde aussah, an einer Schafweide entlang. Er hätte Wasser mitnehmen sollen, ächzte er innerlich. Nicht auszuhalten, diese Hitze! In der Zeitung, die im Foyer auslag, sagte der Wetterbericht für heute nur eine laue Brise voraus und Temperaturen von maximal 30 Grad. Zu heiß für diese Gegend. Draußen auf dem Fahrwasser zwischen den anderen Halligen und Inseln sah man weiße Punkte, die in der Hitze wie eine Fata Morgana waberten. Die Fähren zum Festland und zu den Inseln. Man hatte den Eindruck, auf einer vergessenen Pazifikinsel zu stehen. Unbeachtet und unentdeckt von der Restwelt. Mit der Lederjacke über dem Arm erklomm er einen kleinen Hügel und sah sich um.

Das Hotel, ein Wohnhaus für die Angestellten sowie eine kleine Hütte, auch auf einer kleinen Warft gelegen, die er für den Schafstall hielt. Abseits befand sich eine alte Kirche, von der anscheinend der Turm abgebrochen war, daneben ein Minigolfplatz mit Häuschen. Das war die kleine, grüne Halligwelt.

Der Name passt, dachte er. *Grienoog.*

Vor der Hütte stand eine Staffelei mit einem Bild darauf. Halbfertig. Eine Industrielandschaft. Er sah sich um. Wer kommt auf die Idee, in dieser Landschaft ein ödes, durch qualmende Schornsteine verschandeltes Land zu sehen? Er beugte sich vor und betrachtete ein Detail. Ein totes Schaf, darüber ein Geier. Oder eine Krähe. Das lag vermutlich in der Interpretation des Betrachters. Schwalbe, entschied Kollerup, der wenigstens einen Hauch von schöner Welt haben wollte.

„Onne!"

Kollerup fuhr herum. „Hä?"

Ein bärtiger, etwas zu klein geratener Mann stand in der Tür der Hütte. Er grinste über beide Ohren. Kurze Hose, kurze Beine und ein schmuddeliges Unterhemd. In der Hand eine Flasche Bier.

„Onne, mein Name. Und wie wirst du gerufen?" Der bärtige Zwerg streckte ihm eine farbverschmierte Hand entgegen.

„Äh. Kolle." Kollerup schüttelte die ihm angebotene Pranke.

„Wie der Sexpapst der 70er-Jahre?"

„Eigentlich Kollerup. Aber man ruft mich Kolle."

„Moin, Kolle. Ich bin Onne." Onne deutete mit der Flasche zum Hotel. „Gast?"

„Jo."

„Geld?"

„Nö. Gewinn."

„Preisausschreiben?"

„Jo."

„Bier?"

„Kalt?"

„Jo."

„Jo."

Der Mann rödelte klirrend in der Hütte herum und kam mit einer eiskalten Flasche zurück.

„Prost!"

„Prost!"

Die dann folgende Stille wurde nur von gluckernden Schlucken und einem blökenden Schaf unterbrochen.

„Kalle macht wieder Stress." Kolle sah ihn fragend an. Onne deutete mit der Flasche auf die Schafe. „Der Dicke da." Ein deutlich übergewichtiges Schaf mit dunkelbraunem, fast schwarzem Fell. Angriffslustig stand es vor einem Artgenossen und schnaubte. Dann trabte es los und knallte seinen Schädel auf den des Kontrahenten. Wie bei kollidierenden Kokosnusshälften gab es einen hohlen Knall.

„Kalle!", rief Onne.

Der Gerufene sah kurz herüber, schüttelte seinen Kopf und schien zu sagen: „Der Typ hat mich aggressiv angesehen!"

„Hau ab, sonst ziehe ich dir deine Hammelbeine lang!"

„Mööööhö!", antwortete Kalle. Dann trottet er empört wiederkäuend zum Wassertrog und ertränkte seine Sorgen schlürfend im Trinkwasser.

„Deine Schafe?", fragte Kolle.

„Nö. Ich pass bloß auf, dass die sich nicht gegenseitig die Köppe einhauen. Dafür darf ich hier wohnen."

„Machst'n da?"

„Malen."

„Das da?"

„Ja. Auch. Willste was sehen?"

„Och, …"

„Warte."

Er kam mit mehreren Bildern, jedes so groß wie er selbst, aus seiner Hütte gewankt. Er warf sie ins Gras und Kolle war erschüttert. Braun und Schwarz war die dominierende Farbe. Ein bisschen Grün und ein bisschen Orange. Düstere Bilder, die scheinbar alle diese Hallig als Motiv hatten. Thema schien „Zerstörung durch Industrie" zu sein. Schwarze Windräder, von denen Blut tropfte, tote Schafe. Krähen, Geier oder Schwalben rissen an den Kadavern herum. Ein Werk hatte ein Bohrgerüst als zentrales Thema, aus dem eine braune Soße in den Himmel schoss. Direkt in das Gesicht einer fahlweißen Sonne.

„Nett", sagte Kolle knapp.

„Jo, nett, nä?" Traurig sah sich Onne seine Kunstwerke an. „Diese ganze Scheiße steht uns bald bevor. Neues Bier?"

„Nee, lass mal. Noch zu früh."

„Komm mal rein", forderte ihn Onne auf.

Die Hütte war innen ziemlich groß und ziemlich unordentlich. Aber modern eingerichtet. Erstaunlich sauber. Während draußen die ehemals rote Farbe abblätterte und das Dach aus Teerpappe schon bemoost war, war es hier sauber und frisch gestrichen. Das Laminat auf dem Boden wie nagelneu. Eine Kochecke, ein Bett, ein Tisch, auf dem Besteck und Geschirr des Hotels lagen, daneben ein Stuhl. An einer Wand gab es einen Flachbildschirm. In einer Ecke rauschte eine Klimaanlage und arbeitete gegen die aufkommende Hitze an. „Ist sonst nachts nicht auszuhalten", gab Onne grinsend von sich, als er Kollerups erstauntes Gesicht sah.

Die Wände waren mit den Bildern tapeziert, die Onne vermutlich in den letzten Wochen gemalt hatte. Aber anders als die, die er draußen gesehen hatte. Sonnenuntergänge in einer nordfriesischen Landschaft. Wattige Wölkchen schwebten schwerelos über Salzwiesen, auf denen der Strandflieder blühte. Nette Häuser an Sandklippenrändern, unter denen fröhliche Menschen am Strand Ball spielten. Sofort wurde es ein wenig heller in dem etwa 30 Quadratmeter großen Innenraum. Man roch förmlich das Meer, mit dem Duft der Salzwiese im Sommer vermischt.

Onne, der sich wegen seiner Kleinwüchsigkeit sehr aufrecht bewegen konnte, während Kolle etwas gebückt dastand, machte sich am Kühlschrank zu schaffen und genehmigte sich das zweite Bier des Tages. Er rülpste verhalten und entschuldigte sich für die Unordnung. „Mein Zimmermädchen war noch nicht da", meinte er lakonisch und meinte es auch scheinbar genauso. Unaufgefordert erklärte er, dass er hier kostenlos wohnen dürfe, weil er auf die Schafe aufpasse, die Staffage des Hotels waren. „Das wollen die Leute." Verächtlich spuckte er das Wort „Leute" aus. „Schafe, Wind und Meer." Dabei schielte er auf Kollerup.

„Och, ich kann darauf verzichten."

„Kommste denn her?"

„Husum."

„Aha. Ich bin aus Schobüll."

„Ist doch auch Husum."

„Schobüll bleibt Schobüll." Onne spielte dabei auf die vor einigen Jahren erfolgte Zusammenlegung der Gemeinde Schobüll mit der Stadt Husum an. War nicht sehr beliebt bei einigen Ureinwohnern aus Schobüll. Jetzt wühlte er in einem Schrank herum und zeigte Kollerup ein Foto. Großes Haus, schöner Garten und weites Land. Schobüll an der Wasserkante. Kein Deich.

„Das war mal meines."

„Jetzt nicht mehr?"

„Zwangsenteignet."

„Warum?"

„Oberirdische Stromtrasse von Nordstrand und Pellworm. Irgendwie muss der Strom ja ans Festland."

„Dann haste ja aber Geld dafür bekommen."

„Nur einen Bruchteil, was es wert ist. Aber ich will nicht klagen. Bleibt immer noch genug übrig."

„Frau und Kinder?"

„Ja, in Hamburg wohnen die Herrschaften jetzt."

„Geschieden?"

„So schnell, wie du nur furzen kannst", bestätigte Onne. „Kaum war das Geld auf dem Konto, waren die weg."

„Wo wohnst du außerhalb der Saison?"

„Bist du bei der Polizei oder warum fragst du so viel?"

„Ja, bin ich. Aber das geht mich ja nichts an." Kollerup deutete auf die Bilder an den Wänden und sagte: „Nette Bilder."

„Polizist. So ..."

„Ja, äh. Ich muss dann auch mal wieder." Kolle war es peinlich, in das alte Muster gefallen zu sein. Er hatte Urlaub, verdammt noch mal.

„Was genau machst du da bei der Polizei?"

„Mord und Totschlag. Aber nun muss ich wirklich." Er wollte sich zur Tür wenden.

„Warte mal!" Onnes Freundlichkeit war verschwunden. Seine Gesichtszüge verhärteten sich.

„Ja?" Kolle sah ihn an und wusste schon, was nun kam. Unsicher blickte Onne zur Tür und lugte kurz durch die Fenster. „Du musst mir helfen." Weiter kam er nicht.

Eine Stimme rief seinen Namen. „Onne? Sind Sie da?" Scheinbar das Zimmermädchen. Der verdrehte die Augen und rief eine Antwort. „Wir reden morgen darüber", flüsterte er. „Es ist dringend!"

„Ah! Svenja! Moin!", begrüßte er überschwänglich die junge Frau. Herein kam eine kleine, rothaarige, junge Frau, die sich ebenfalls beim Betreten der Hütte kaum bücken musste. Adrett mit weißer Hose und einem Shirt des Hotels bekleidet. Sie lächelte breit und rief ein lautes „Moin zusammen!". Während sie das gebrauchte Geschirr abräumte und in das Elektrofahrzeug verfrachtete, steckte sich Kollerup eine Zigarette hinter der Hütte im Schatten an und hörte durch ein geöffnetes Fenster, wie Onne mit ihr scherzte. Dann wurde das Bett gemacht und die kleine Nasszelle mit Toilette gereinigt. Als sie fertig war, surrte sie mit ihrem Elektrofahrzeug von dannen.

„Hey, Onne!", rief Kollerup. Onne kam um die Ecke, mit Pinsel und Farbpalette bewaffnet. „Muss jetzt malen", gab der kurz angebunden zum Besten. Gemeinsam ging Kolle mit ihm zur Staffelei. Wieder ein braun-schwarzes Untergangsbild. Dieses Mal lag ein Toter an einem Haus, das verdammt viel Ähnlichkeit mit dem Hotel hatte.

„Was wolltest du mir eigentlich sagen?"

„Nicht so wichtig."

„Das klang aber eben anders."

„Morgen."

„Na gut. Musst du wissen. Ich bin dann mal drüben, mir die Kirche ansehen."

„Gibt nich' viel zu sehen. Is'n Schafstall jetzt."

„Ach ja? Na denn …"

„Gibt ja nich' viel hier."

„Schon mal deine Bilder irgendwo ausgestellt?"

„Ja."

„Wo?"

„Och, New York und so."

„Echt?" Kolle konnte nicht glauben, dass solche Bilder reißenden Absatz fanden. Aber Kunst ist eben Kunst, dachte er sich.

„Ja. Mit denen hier aber nicht."

„Welche denn?"

„War früher mal."

„Was haste denn früher gemalt"?

„Abstrakte Bilder. Gefühle in Formen und Farben."

„Aha."

Da er den Eindruck hatte, dass er jetzt stören würde, verabschiedete er sich von Onne. Der stand völlig vertieft mit krauser Stirn vor der Leinwand und wirbelte wie irre mit einem Pinsel herum.

Da es inzwischen schon nach zwölf Uhr war – Kolle hatte nicht bemerkt, wie schnell die Zeit verflog –, ging er zum Hotel zurück. *Mal sehen, ob es außer Muscheln und Fisch auch was Essbares gibt,* grübelte er. Auf dem Asphaltweg rauschte ihm ein E-Bike fast in die Hacken.

„Ey! Kampfradler!", rief er hinterher. Aber der Fahrer war schon um die Hotelwarft herum. Das darf ja wohl nicht wahr sein! Aber was ärgerte er sich eigentlich? Er hatte Urlaub.

Im Restaurantbereich gab es nur drei Gäste. Er achtete nicht weiter darauf und setzte sich an einen Tisch am Eingang zur Terrasse. Nee. Lieber draußen. Er stand auf und setzte sich unter einen Sonnenschirm. Ein leises Lüftchen regte sich und verstärkte noch das Gefühl, im Strahl eines Föhns zu sitzen. Drinnen war es kühler, weil die Klimaanlage auf Hochtouren lief, aber da er Raucher war, musste er sich der Hitze im Schatten aussetzen. So saß er und ließ seinen Gedanken freien Lauf. Der Onne war schon seltsam. Während er über das bizarre Treffen mit dem malenden Freizeitschafhirten sinnierte, dudelte im Hintergrund irgendein privater Radiosender. „Die ältesten und seltensten gespielten Titel der 70er-Jahre", säuselte der Sprecher. *Love is like oxygen* von *Sweet* lief gerade. Selten? Kolle schüttelte den Kopf. Leider nur die Singleversion. Er blickte sich um. Jemand schien auf dem Tisch, an dem er saß, seinen Tablet-PC vergessen zu haben. Auf den anderen Tischen lag auch jeweils einer. Komisch. Er nahm sich das flache, an eine alte Kreidetafel erinnernde Teil der modernen Gesellschaft. Kaum hatte er ihn vor sich, erwachte das Display zum Leben.

„GUTEN TAG!", brüllte ihn der Text an. Darunter dann: „Wenn Sie bestellen möchten, drücken Sie jetzt BESTELLEN", wurde er aufgefordert. Er drückte auf BESTELLEN.

Sofort erschien ein neuer Text: „Möchten Sie etwas essen oder trinken? Oder essen UND trinken? Oder dürfen wir Ihnen das Menü für heute Abend empfehlen? Dann drücken Sie den entsprechenden Button." Darunter gab es mehrere Möglichkeiten. Er drückte auf ESSEN UND TRINKEN. Eine kurze Liste der zur Mittagszeit angebotenen Speisen erschien. LUNCH stand darüber. Und daneben eine Liste mit Erfrischungen. Lunch? Er seufzte. Gute alte Zeiten! Mittags gab es was Anständiges! Aber er wollte nicht auffallen. Er hatte ja Urlaub! Alles inklusive. Er entschied sich für eine „Sandhexe vom Thunfisch" und Salat „Schafskälte mit Grünzeugs". Dazu eine Apfelschorle. Das kalte Bier von Onne lag ihm im schwer im Magen. Dann musste er seine Zimmernummer eingeben und den zehnstelligen Code seiner elektronischen Zimmerkarte eingeben. Zum Abschluss kam die Meldung, dass seine Bestellung bearbeitet werden würde. Er spielte noch ein wenig mit dem Gerät herum und sah sich das Menü für den Abend an. Überwiegend Fisch, Rotbarsch und Kabeljau in zehn verschiedenen Variationen. Als Fleisch gab es nur Rind. Angeblich „Salzwiesenrind". Kolle lachte über diesen Scherz. Allerdings in acht Variationen. *Gut, dann ist der Abend gerettet,* freute er sich. Als Dessert gab es Fruchteis oder Panna Cotta. Auch in verschiedenen Varianten. Getränke, wie üblich in jedem Hotel, in großer Auswahl. Die Biersorte war ihm unbekannt, aber na ja, verdursten würde er nicht. Als er genug herumgespielt hatte, kamen sein Essen und das Getränk. Scheinbar hatte der Besitzer sämtliche Schönheitsköniginnen der Westküste Schleswig-Holsteins unter Vertrag. Seine Bestellung wurde von einer echten nordischen Schönheit serviert. Blonder Pagenschnitt, Sommersprossen und eine Figur, nicht zu sexy und nicht zu dürr. Dazu noch braune Augen. Leider war sie zu schnell wieder verschwunden. Kommt Zeit, kommt Rat, grinste Kolle und widmete sich seinem „Lunch". Zu seiner Zeit sagte man

„Imbiss“ oder, wenn es unbedingt ein Anglizismus sein musste, auch schon mal „Snack“. Aber wann war „seine Zeit“? Eher so 70er-Jahre, als das Leben aufregend war. Gut, heute war es auch noch aufregend. Aber es fehlte diese zitternde, innere Unruhe. Er mampfte am Sandwich herum, das zu seiner Zeit „belegtes Brot“ hieß. Das gerade aus den versteckten Lautsprechern wispernde *Sweet Home Alabama* wurde von einer Durchsage unterbrochen:

„Wir unterbrechen unser Programm für eine aktuelle Unwetterwarnung. An der Westküste kommt es heute Abend und in der Nacht zu Starkregen, heftigen Gewittern mit Orkanböen. Auch Tornados und gefährliche Windhosen sind möglich. Erwartet werden die ersten Ausläufer eines Sturmtiefs gegen 20 Uhr. Das Unwetter hat bereits auf der britischen Insel große Schäden angerichtet. Ein unerwarteter Tornado an der Ostküste hat mehrere Kraftwerke lahmgelegt. Mindestens zehn Ortschaften waren stundenlang von der Stromversorgung abgeschnitten. Wir melden uns wieder, wenn es Neues über das zu erwartende Unwetter gibt.“

Kolle sah zur Nordsee hinaus. Er fand, dass zu viel Panik gemacht wurde, wenn ein Gewitter im Anzug war. Einige Tagesgäste kamen vom Strand. Scheinbar wollten sie wieder zum Festland. Quengelnde Kinder mit genervten Müttern.

„Nein! Du hast gehört, was der Mann im Radio gesagt hat. Und wenn es losgeht, will ich zu Hause sein!“

„Aber Mama, ...!“

Kolle verdrehte die Augen. War er eigentlich auch so gewesen? Aber Mama! Ein Protest, der nichts bringt. Die Bedienung kam und räumte ab. Anschließend brachte sie ein Schild an der Verandatür an. „Heute Abend bleibt die Veranda geschlossen. Danke für Ihr Verständnis.“ Kolle war es egal. Er sah auf seine Uhr. Siestazeit. Als er an der Bar vorbeikam, lief dort der Fernseher. Katastrophenmeldungen aus dem Vereinigten Königreich. Er fand, dass das nun ziemlich übertrieben war. Aufgeregte Reporter standen vor rauchenden Resten einer Umspannstation und berichteten mit gespielt pathetischen Floskeln über die Schäden und die mögliche Zahl der eventuell verletzten Menschen. Ob es Tote gäbe, wurde der Korrespondent vor Ort vom Moderator gefragt, und man sah es dem Journalisten im Studio an, dass er gar nicht froh war, dass diese Frage mit einem Schulterzucken beantwortet wurde. Scheinbar waren nur Orte an der Ostküste betroffen. Da das Umspannwerk einen Teil des Stroms der Offshore-Windräder aufnahm, um ihn ins Land zu transportieren, war die Stromversorgung für drei Stunden abgebrochen. Die Anlagen in der Nordsee mussten vom Netz genommen werden, um nicht durch Überspannung den Schaden zu vergrößern. Dann wurde umgeschaltet auf überschwemmte Gebiete der Marschgebiete, die hier ohne Deiche offen der Nordsee gegenüberlagen. Kollerup schauderte bei dem Gedanken, so ganz ohne Deich zu leben. Gut, die Leute im Husumer Stadtteil Schobüll kannten das. Aber irgendwie fühlte er sich ohne Deich völlig schutzlos.

Kollerup legte sich angezogen auf das frisch gemachte Bett. Trotz der jetzt sengenden Sonne war es angenehm temperiert im Raum. Ob der Haubarg sturmsicher war? Ja sicher, beruhigte er sich selbst. Schließlich stand der mehrere Jahrhunderte, ohne Schaden zu nehmen. Auch die Warft war mit ihrer Höhe von knapp zehn Metern außerhalb jeglichen Wasserstandes der höchsten Sturmfluten. Mit den Gedanken an einen Haubarg, der auf dem Wasser treibend in der Ferne entschwebte, während die Welt unterging, dämmerte er langsam in den Schlaf.

Jemand hämmerte an seine Tür. Was zur Hölle sollte das! Es war der Chef des Hotels. Sah aus, wie gerade vom Golfplatz gekommen. Cremefarbene Kleidung.

„Moin. Wollte nur nachfragen, ob alles zu Ihrer Zufriedenheit ist."

„Ja. Ist es."

„Mit dem Zimmer zufrieden?"

„Ja, bin ich."

„Ich wollte Sie auch fragen, ob Sie heute Abend im Restaurant essen möchten."

„Ja, wie … ja klar."

„Na ja, es ist so, dass einige Gäste ihr Zimmer storniert haben, und da wollte ich fragen, ob der Koch sich auf spezielle Sachen vorbereiten muss."

„Ja, wie … spezielle Sachen …?"

„Wissen Sie, bei fünf bis sechs Gästen rechnet sich ein reduziertes Angebot eher als bei einem voll belegten Haus."

„Ach, Sie meinen wegen der Unwetterwarnung? Ach was! Ich bin Husumer und so ein Lüftchen erschüttert mich nicht. Da seien Sie mal beruhigt. Ich bleibe. Und was das Essen angeht, bin ich mit Bratkartoffeln und Fleisch vollauf zufrieden."

Der Mann schien sichtlich erleichtert zu sein. Er entschuldigte sich und klopfte auch schon an der Zimmertür eines anderen Zimmers.

Storniert haben einige Gäste. Interessant. Er stand am Fenster und bemerkte, dass es schon später Nachmittag war. Vier Uhr durch. Er bediente sich jetzt aus der Minibar. Ein Bier nach Vier. Was Onne und seine Schafe bei dem Wetter wohl machen würden? Ach ja. Die alte Kapelle. Er stellte die leere Bierflasche auf die Minibar, schlüpfte in seine Sneakers und ging hinunter.

An der Rezeption gab es ein Durcheinander, weil mehrere Gäste auschecken wollten, andere wollten unbedingt wissen, wie das Wetter morgen werden würde und ob die Hallig auch sturmflutsicher sei. Die junge Frau hinter der Theke behielt den Überblick und versicherte den Gästen, dass das Unwetter keine Sturmflut auf der Hallig verursachen würde. Eher an der Küste, wo sich das Wasser stauen könne. Auch die Windrichtung mache es sehr unwahrscheinlich, dass es zu Landunter kommen würde. Einige Wellen würden sicher die Salzwiesen erreichen, aber das wäre nun wirklich alles völlig normal und harmlos. Außerdem würde zur Zeit des prognostizierten Sturmes Niedrigwasser herrschen.

Hinter der Rezeption gab es eine Tür zu einem Büro, die jetzt offenstand, und er sah eine Dame mittleren Alters aufgeregt telefonieren. Einiges konnte er verstehen, weil das Telefonat sehr laut geführt wurde. Scheinbar ging es um eine geplante Wattwanderung, die morgen stattfinden sollte. Mehrmals versuchte die Frau ihren Gesprächspartner zu beruhigen. „Ja nun, dafür kann ich ja nichts, wenn einige Gäste abreisen! Das Wetter habe ich nicht zu verantworten!"

Kolle verließ dieses Irrenhaus und war erstaunt, wie heiß es draußen war. Vom drohenden Unwetter war nichts zu bemerken. Strahlend blauer Himmel. Mit einer brennenden Zigarette schlurfte er zum Rundweg, der um die Hallig führte. Wegen des ablaufenden Wassers, das nach seiner Meinung heute besonders ausgeprägt war, roch das Watt in der brütenden Sonne extrem nach Schlick und Salz. Links sah er in der Ferne die Schafe grasen, dahinter die alte Kapelle. Ein kleiner Punkt wieselte herum und begann die Schafe auf die Warft der Kapelle zu treiben. Kein leichtes Unterfangen. Er musste grinsen, als er Onne zwischen den Schafen sah.

Am Anleger machte gerade die *Strandkrabbe* fest. Eine Gruppe Touristen konnte es kaum erwarten, die letzte Fähre des Tages zum Festland zu nehmen. Es sah aus wie eine Flucht vor einer ganz schlimmen Katastrophe, fand Kolle. *Tiere besitzen einen sechsten Sinn für nahende Unwetter*, sinnierte er. Vielleicht haben einige Menschen diesen Fluchtinstinkt behalten und andere eben nicht. Just in dem Moment zog ein Schwarm Möwen vorbei und verschwand in Richtung Festland.

Kaum hatte die Fähre um Punkt 17 Uhr abgelegt, kam ein kleines Boot mit Außenbordmotor angetuckert. Ein Mann, ungewöhnlich für das Wetter in Cordhose und gesteppter Weste gekleidet, fand Kolle, stieg aus. Sorgfältig vertäute der Mann seine Nussschale. Dann bemerkte er Kollerup auf der Hotelhallig. Eine Sekunde lang stand der Typ nur so da und sah herüber. Kolle winkte nur mal so zum Spaß. Keine Reaktion. Der Mann nahm seinen Rucksack und kam zum Hotel. Kollerup nahm an, dass das vermutlich der Wattführer war und sich nun persönlich beschweren wollte. Er war der Meinung, dass das nicht sein Problem sei und wendete sich zum Strand.

Auf den Liegen räkelten sich einige Gäste herum und schlürften aus Gläsern bunte Getränke, während Reggae leise dahinplätscherte. Er erkannte den Titel *Whole Lotta Love* von *Led Zeppelin.* Nein! Als Reggae! Er setzte sich an die Südseebar-Imitation und schnippte nach dem Kellner.

„Sagen Sie mal ... wer sucht eigentlich die Musik aus?"

„Ich verstehe nicht?", grinste der Keeper.

„Diesen Musiksirup da im Hintergrund, meine ich."

„Ach, Sie meinen die Loungemusik!"

„Ja, genau. Diese trübe Suppe, Musik genannt."

„Das macht irgend so ein Typ im Internet."

„Wie Internet?"

„Das kommt aus dem Internet."

„Die Musik?"

„Ja, Internetradio."

Internet! Hat den niemand mehr eigene CDs? An LPs wagte er erst gar nicht zu denken. Oder wenigstens einen MP3-Player? Kolle sah die Musikbranche den Bach runtergehen. Aus Trotz bestellte er einen „Swimmingpool". Eigentlich wollte er fragen, was der Barkeeper denn heute empfehlen könne, aber wenn die Musik aus dem Internet kam und von irgendeinem anonymen Menschen ausgesucht wurde, wollte er erst gar nicht daran denken, welche Getränke das Internet bei dem Wetter empfehlen würde.

Er schlürfte lange an dem Cocktail, der eigentlich ein Longdrink war. Anschließend verwickelte er den Mann hinter der Theke in ein Gespräch über Swimmingpools und die Farbe der Bikinis der Frauen, die in einem Swimmingpool schwimmen. Und dann kamen sie zum Thema Klimawandel und heiße Sommer. Der Typ hinter der Theke, er hieß Maik, war der Meinung, dass das nur gut für den Tourismus sei. Kolle war da anderer Meinung. Denn globaler Klimawandel würde nicht bedeuten, dass es hier schlagartig dauerhaft wärmer werden würde. Er verwies auf die Unwetterwarnung, dass heute Abend ein Unwetter auf die Westküste treffen solle.

„Ach. Unwetter! Was die als Unwetter bezeichnen, ist doch nicht zu vergleichen mit einem Herbststurm Stärke 12. Und selbst das“, der Barkeeper wies auf den Haubarg, „macht diesem alten Kasten nichts aus. Alte, gute Wertarbeit. Absolut sturmsicher und sturmflutsicher. Allerdings“, er sah zum Hotel hoch, „müssen wir den Strand vermutlich nach dem Sturm neu aufspülen lassen.“

Kolle fand, dass das das geringere Problem war. Er dachte an die Schafe und Onne. Er fragte Maik danach.

„Och, der kommt dann heute Abend zu uns, wenn es zu dolle wird“, winkte er ab. „Aber ansonsten ist seine Hütte auch sicher und hoch genug für ein Sommerhochwasser. Genauso sicher wie die Schafe in der alten Kapelle.“

Hinter ihm wurde es nun laut. Jemand beschwerte sich über irgendwas, und er hörte: „Scheißegal, was passieren würde! Ich lasse mich nicht so abschieben! Das haben SIE zu verantworten!“

Dann eine weibliche Stimme: „Was kann ICH dafür, wenn es ein Unwetter gibt!“

„Ach, es geht doch nicht um das Wetter! Es geht darum, dass SIE dem Frerk Carstens MEINE Tour gegeben hatten!

MEINE!“ Die Stimme des Mannes kippte ins Hysterische. „DAS wird ein Nachspiel haben! NACHSPIEL!“

Nachspiel? Wird denn hier auch Fußball gespielt? Kolle amüsierte sich. *Es gibt einen Minigolfplatz, aber einen Fußballplatz habe ich hier auf der Hallig noch nicht gesehen. Vielleicht ein juristisches Nachspiel, wer weiß das schon?*

Maik verdrehte die Augen und flüsterte vertraulich über die Theke: „Das ist Kai, der Wattführer. Der ist sauer, weil die Chefin eine andere Tour mit einem anderen Wattführer gebucht hatte. Aber das fällt ja nun flach.“ Kolle sah auf die Uhr. Sechs Uhr durch. Holla, wie die Zeit vergeht! Er gab Maik seine Zimmernummer und ging hoch zum Duschen.

Für den ersten Tag seines Urlaubes gar nicht mal so schlecht, fand er. Eine interessante Bekanntschaft gemacht und ansonsten hatte er absolut nichts mit Mord und Totschlag zu tun gehabt. Manchmal dachte er, dass die Menschheit verrückt geworden war. Die Fälle, mit denen er zu tun hatte, ließen ihn oft am Verstand der Menschen zweifeln. Nicht weil einige zu leicht zu lösen waren, denn es gab ja auch harte Nüsse, die er zu knacken hatte, sondern weil seit Bestehen der Menschheit die Motive immer dieselben waren. Rache, Habsucht, Eifersucht, Neid und so weiter.

Vorsichtig stieg er in die Duschkabine und ganz sachte zog er an den Hebeln und drehte nur an den Wasserhähnen, die für das Wasser von oben zuständig waren. *Irgendwann gibt es sprachgesteuerte Duschen, wie in den Science-Fiction Filmen,* dachte er. „Wasser von oben, 23 Grad!“, rief er probeweise. Er fiel fast durch die Glastür der Kabine, als eine weibliche Stimme antwortete: „Wenn Sie jetzt noch freundlich ‚Bitte‘ sagen, kommt das Wasser.“

„Was ist das denn!?“

„Ich bin die automatische Duscheinstellung *Betty.*“

„Bitte, ich hätte gerne warmes Wasser von oben.“

„Gerne. Wie viel Grad?“

„23."

„Das Zauberwort?"

„Bitte?"

„Im ganzen Satz."

„Bitte, ich hätte gerne 23 Grad warmes Wasser von oben."

„Mit welchem Druck?"

„Welchen kannst du mir anbieten?"

„Hart, Mittel und Weichei."

„Weichei?"

„Ja, für Warmduscher und Dünnbrettbohrer."

„Mittel." Er bemerkte sofort seinen Fehler und fügte ein „Bitte" hinzu.

„Gerne. Wenn Sie fertig sind, beenden Sie den Duschvorgang mit ‚Stopp'. Ich wünsche Ihnen angenehmes Duschen."

„Danke sehr."

„Bitte sehr."

Nach dem Duschen, aufdringliche Düfte der hoteleigenen Hygieneartikel verströmend, bewunderte er die schwarze Wand, die sich von Westen heranschob und die Sonne verschluckte. Schlagartig wurde es deutlich dunkler. Er liebte Unwetter. Da merkt man doch erst, dass man lebt, sagte er immer, wenn sich jemand über schlechtes Wetter beschwert. Stundenlang konnte er am Fenster sitzen und wenn möglich draußen die Atmosphäre genießen, die ein nahendes Gewitter verströmte. Die Luft schien jedes Mal elektrisch geladen zu sein und die Wolkenformationen mit ihren gelbschwarzen Fetzen, die als Vorhut das Unwetters ankündigten, waren wie das Intro zu einem bombastischen Konzert. *Thunderstruck* von *ACDC* war die Musik, die ihm bei diesen Gelegenheiten einfiel. So war es auch dieses Mal, als die Wand sich am Himmel hochschob. Und es war drückend schwül dabei. Er schloss bedauernd das Fenster und ging nach unten in den Restaurantbereich.

Nele, die junge hübsche Dame, die er von der Rezeption kannte, führte ihn zu seinem Tisch. Der Raum war mit Kerzen beleuchtet, und leise Musik plätscherte aus versteckten Lautsprechern. Er schien der Erste zu sein. Während er seine Bestellung aufgab, persönlich und Auge in Auge mit einem Menschen, füllten sich die Tische mit den Gästen. Aber das interessierte ihn nicht, wer wo und warum saß. Durch die Verandatür konnte man das Naturschauspiel im zweiten Akt bewundern. Er schien der Einzige zu sein, der es genoss. Alle anderen schienen sich kopfschüttelnd über die Gefährlichkeit und die möglichen tödlichen Folgen zu grämen. Kolle schnaubte verächtlich. Memmen!

Sein erster Gang, Eisbergsalat mit Fenchel, begann von einem Gewitterblitz begleitet. Der zweite Gang wurde von prasselndem Hagel an den Verandatüren beklatscht. *Stimmt, der Applaus ist berechtigt,* dachte er. Selbst er als Hobbykoch hätte es nicht besser machen können. Der erste Biss vom Steak wurde mit einem rollenden Donner kommentiert, der so lange dauerte, bis Kollerup das zerkaute Rindfleisch schluckte. Sein Bier wurde gebracht und der erste Schluck hatte eine Sturmböe im Gefolge, die die Bar draußen umwarf. Hach! Herrlich! Kollerup genoss die Vorstellung. Während die Mitarbeiter gelassen durch aufgeregt debattierende Gäste schreitend die Bestellungen aufnahmen oder Menüs servierten, ging es draußen jetzt zur Sache. Im Dämmerlicht über der Nordsee, kurz grell erhellt von Blitzen, sah man dichte Regenschauer hinwegziehen. Er sah auf seine Uhr. Verdammt! Das musste er sich abgewöhnen, immer auf die Uhr zu sehen. Urlaub, Kolle! Es war jetzt 21 Uhr. Die Zeit hatte hier auf der Hallig scheinbar ihre eigenen Gesetze. Er rülpste verhalten und dann gingen das Licht und die Musik aus. Kolle war der Meinung, dass das kleine Bäuerchen ja nun nicht diese Aufregung wert sei.

Eine Dame gab ein quietschendes Geräusch von sich und ein Glas zersprang mit einem Klirren auf dem Boden.

„Ruhe bewahren, meine Damen und Herren! Die Generatoren werden sofort anspringen!“, rief eine männliche Stimme irgendwo aus dem Dunkel. Und schon wurde es wieder hell. Ein weiterer Blitz zuckte vor den Fenstern und eine bleiche männliche Gestalt erschien an der Verandatür, die mit blutigen Händen dicke rote Schlieren hinterlassend, an der Glasfläche langsam zu Boden rutschte. Dann wurde es zum zweiten Mal schwarz im Raum. Ein weiterer Blitz zuckte, der die auf der Veranda liegende Gestalt kurz beleuchtete. Seine Intuition sagte ihm, dass dieser Mensch tot war. Ein doppelter Donner, der die Gläser auf den Tischen klirren ließ, beendete diese Szene.

Hotel

Der Tag des Unwetters

21:00 Uhr

Wenn es vorher ein chaotisches Durcheinander gegeben hat, wurde es jetzt gefährlich. Tische wurden umgestoßen, panische Menschen riefen durcheinander, Kindergeschrei, scheppernde Gläser. Kolle tat, was das Beste in so einem Fall war: Er blieb sitzen.

Jemand stieß ihn an und er musste sich am Tisch festhalten. Dann zückte er sein Handy, klappe es auf und hielt es in die Höhe. Dieser Lichtschein genügte ihm, um gefahrlos auf einen Tisch zu steigen. Oben angekommen steckte er zwei Finger in den Mund und pfiff derart laut, dass es ganz sicher auch auf Föhr zu hören war. In Bruchteilen von Sekunden war es mucksmäuschenstill. „Jeder bleibt jetzt, wo er ist! Hier ist die Polizei! Kann mich der Chef dieses Hotels hören?"

„Ja ...", kam es zögerlich aus der Richtung, wo Kollerup die Bar vermutete.

„Was ist mit Taschenlampen?"

„Haben wir!"

„Haben Sie eine dabei?"

„Nein. An der Rezeption liegen welche."

„Hat jemand ein Smartphone?"

Plötzlich glommen vereinzelt mehrere bleiche Lichter im Raum. Man konnte wieder etwas erkennen. Kolle fand, dass es aber noch heller ging.

„Was ist mit den Tablets? Das Display von den Dingern gibt mehr Licht. Schalten Sie ihre Telefone aus. Schonen Sie Ihre Akkus!"

Kurz wurde es wieder dunkel und dann erhellten Tablets mehrere Personen an der Bar.

„Kommen Sie mit zwei von diesen Dingern hierher", befahl Kollerup. Die fahlen Lichter der mobilen Geräte wankten zu ihm herüber. „Jemand verletzt?", fragte er laut in die Runde.

„Ich hab' mir mein Knie gestoßen", beschwerte sich jemand kleinlaut.

„Sonst nichts?" *Knie gestoßen! Die Welt geht unter,* dachte Kolle.

„Dem Kind geht es gut?", wollte er jetzt wissen.
Eine Mutter meldete sich: „Nichts passiert. Alles gut."

„Niemand verlässt den Raum." Er fügte ein „bitte" hinzu, weil er ja durch die sprechende Dusche etwas gelernt hatte. „Sobald wir die Lage geklärt haben, dürfen Sie auf Ihre Zimmer. Aber hier ist es momentan am sichersten."

Draußen hörte man den Sturm ums Haus pfeifen und die Wassermassen aus den Regenwolken auf das Haus und auf die Fenster prasseln.

„Kolle!", schallte es von Eingang her. Onne!

„Onne!" Kolle freute sich, den Knirps zu sehen.

„Den Schafen geht es gut!", rief der Schafhüter.

„Was ist los, Onne? Weißt du mehr?"

„Ein Blitz muss im Generatorhaus eingeschlagen sein."

„Wir müssen sehen, ob wir den da draußen noch retten können, Onne". Kolle deutete in Richtung Veranda.

Zwei Angestellte kamen jetzt mit Taschenlampen. Kolle nahm eine, zwei weitere gab er an Onne und an den Hotelchef weiter.

„Folgendes: Ihre Leute bleiben hier bei den Gästen. Jemand sollte sich um die Verletzten kümmern und kleinere Blessuren versorgen. Kaffee oder Tee wären jetzt nicht schlecht." Allgemeines Murmeln erhob sich. Stühle und Tische wurden wieder auf ihre Plätze gestellt. Das Küchenpersonal machte sich in der Küche zu schaffen und irgendwie kam wieder Normalität auf.

Da der Eingang und somit das Foyer im Windschatten lagen, ließ Kolle es darauf ankommen und öffnete vorsichtig die Tür. Er wusste, dass auf der Leeseite eines Hauses im Sturm der Sog nicht zu vernachlässigen war. Die meisten Dachschäden durch sich lösende Dachziegel entstanden auf der windabgewandten Seite. Der Sog war vergleichbar mit dem Effekt, der oberhalb einer Tragfläche dafür sorgte, dass ein Flugzeug Auftrieb bekam. Die Hölle war eine nachtschwarze Regenwand.

„Äh", Onne zögerte.

„Was?", Kolle sah ihn an.

„Ich hoffe, dass du nicht wasserscheu bist. Du bist ruckzuck durch bis auf die Haut", sagte Onne mit unschuldigem Augenaufschlag.

„Bin ich aus Zucker?", fragte Kollerup.

„Ich meine ja nur." Damit war die Sache erledigt.

Nach zwei Minuten wünschte Kolle sich eine Regenjacke. Aber bei dem Sturm war es egal, ob man sich mit einer Regenjacke draußen aufhielt oder nicht, weil der Sturm, der jetzt zum Orkan geworden war, den Regen waagerecht vor sich hertrieb. Breitbeinig wie echte Seemänner auf einem stampfenden und rollenden Schiff, stramm gegen den Orkan, wankten sie zur Veranda. Stockfinster war es, nur die zitternden Lichtbalken der beiden Taschenlampen wiesen ihnen den Weg. Sie hätten genauso in einem schwarzen Windkanal sein können. Kolle ahnte es bereits, bevor sie um die nächste Ecke schlichen. Instinktiv riss er Onne zu Boden. Etwas Großes flog mit flappendem Geräusch über sie hinweg.

„Das war knapp!", brüllte Onne in Kolles Ohr. Auf Händen und Füßen krabbelten sie zur Veranda. Dort lag der

Tote. Oder zumindest ging Kolle davon aus, dass der Mann tot war.

Gesicht nach oben. Augen und Mund offen. Kein Puls, kein Atem. Seitdem der Mann an der Verandatür zusammengebrochen war, waren mindestens 15 Minuten vergangen. Die Farbe der Haut, der fehlende Puls und Kolles Intuition sprachen für seine Vermutung. Er sah zum Verandafenster und deutete den Zusehern im Restaurant mit einem Schulterzucken an, dass da nichts mehr zu machen sei.

„Rein mit ihm!", nickte er Onne zu, und beide hoben den schweren, schlaffen Körper an.

Ein Blitz zuckte aus dem abziehenden Unwetter, und der Orkan ließ ein wenig nach. Aber immer noch blies er so heftig, dass sie beide sich lieber vorsichtig bewegten, als von fliegenden Gegenständen erschlagen zu wurden. Es war egal, sie waren jetzt eh so nass, als ob sie mit Kleidung geduscht hätten. Langsam wurde es Kolle auch zu kühl. Der Temperatursturz musste mindestens zehn Grad betragen, so kam es ihm jedenfalls vor. Als sie zur windabgewandten Seite kamen, wurde es schlagartig still. Ein Hurrikan, fragte sich Kolle. Er sah zum Himmel. Aus einem riesigen Loch im Himmel blinkten Sterne. Triefend nass patschten Kolle und Onne ins Haus und trugen den Toten durch das Restaurant.

„Wir haben nicht viel Zeit!", rief er in die Runde. „Wo ist der Kühlraum?"

„Da lang! Hinter der Küche." Das Gesicht des Chefs wurde jetzt bleich wie Schnee. „Das ist ja der Wolters!", rief er.

„Wer ist Wolters?" Kollerup sah ihn scharf an.

„Unser Wattführer!"

„Ex-Wattführer, meinen Sie."

„Ja. Er sollte heute eine Wattwanderung machen. Fiel ja aus."

„Was hat er dann hier noch zu suchen gehabt?"

„Er hatte sich bei meiner Frau beschwert, und dann war es zu spät, um gefahrlos zurück durch das Watt zu laufen. Für solche Fälle haben wir ein Zimmer im Angestelltenhaus. Dort kann man dann übernachten."

„Egal. Ab in den Kühlraum mit ihm!"

Zu dritt trugen sie die Leiche in den Kühlraum und legten sie auf einen Tisch.

„Machen wir, dass wir hier rauskommen!" Kollerup war total durchgefroren. Onne hatte in der Zeit die Fragen der Anwesenden beantwortet. Ein Hurrikan! Kannte man eigentlich nur aus dem Fernsehen. Aber hier? An der Nordsee? Wasserhosen, ja, die kannte man, oder die in der letzten Zeit auftretenden Tornados, die auf dem Meer riesige Wassermassen in große Höhen sogen. Aber vielleicht war es ja nur ein Orkan. So genau kann man das bei den heutigen Wetterkapriolen ja nie sagen.

„Haben wir ein Netz, Onne?"

„Kolle, du willst jetzt Fische fangen?"

„Nein. Kein Netz", kam ihm der Hotelchef zuvor.

„Scheiße." Kolle dachte nach.

Kollerup wandte sich an den Hotelchef. „Gibt es in diesem Haus Satellitenverbindung?"

„Das hängt am Stromnetz und ist nicht autonom. Wer rechnet denn auch mit so einem Blitz, der alles lahmlegt?" Fast schien es, als fühlte sich der Chef verantwortlich für den Blackout. „Das Einzige, was wir noch haben, ist das Gas für die Küche."

„Ich brauche eine Liste der Gäste." Kolle betete im Stillen, dass es eine solche Liste gab. Aber als er das Gesicht des Chefs sah, sank seine Zuversicht.

„Aber Nele kann Ihnen sagen, wer eingecheckt hat. Warten Sie." Er wandte sich zum Restaurant und rief: „Nele! Komm mal bitte." Die schlanke nordische Schönheit mit dem blonden Pagenschnitt kam.

„Ja?“ Große braune Augen sahen ihren Chef an.

„Sag mal bitte dem Herrn Kommissar, wer alles eingecheckt hat.“

Und sie begann ohne Zögern, alle Gäste aufzuzählen.

„Moment, Moment!“, lachte Kolle und bat Onne, die Namen zu notieren. Der bekam ein Tablet und einen Stift, mit dem man auf dem Display schreiben konnte. Dauerte eine Sekunde, bis Onne die App aufgerufen hatte und bereit war.

„So“, Kolle sah Nele an. Als sie fertig war, bekam sie bewundernde Blicke.

„Eidetisches Gedächtnis“, hauchte der Chef des Hotels ergriffen. „Nele ist Gold wert.“

„Das ist sicher hilfreich in Ihrem Beruf“, sagte Kolle trocken. Die Angesprochene schien das kaltzulassen.

„Ist aber auch manchmal ein Fluch. Man vergisst so schnell nichts“, sagte sie und etwas schien sie plötzlich traurig zu stimmen.

Insgesamt gab es zehn Zimmer im Hotel. Oben sechs und unten vier. Im Obergeschoss waren vier belegt, unten zwei. Dann bedankte er sich bei Nele und dem Chef.

„Ach ja, …“, ihm fiel etwas ein. „Wer kümmert sich eigentlich um die Haustechnik?“

„Jan-Ole“, antwortete der Hotelchef. „Soll ich ihm sagen, dass er sich den Schaden mal ansehen soll?“

„Ja. Gute Idee!“ Kolle nickte zufrieden. „Wie ist es mit der Verbindung zum Festland?“, wollte er wissen.

„Das müssen wir sehen, wenn wir Strom haben. Das Festnetz ist jedenfalls tot. Und wann wir Strom vom Festland bekommen, wissen wir, wenn die Smartphones wieder über Satellit funktionieren.“ Der Hotelchef sah hinaus und meinte trocken: „Aber bei diesen dichten und hohen Wolken sieht es schlecht aus.“

„Hoffen und beten“, murmelte Kolle. „Schicken Sie jemand nach oben, der sich die oberen Stockwerke ansehen soll. Ich müsste mal duschen und etwas Trockenes anziehen. Und der da auch." Er deutete auf Onne, der jetzt in eine Decke gehüllt auf einem Stuhl saß und etwas Heißes trank. Der Chef gab einen Wink, und ein junger Bursche trabte los. Nach 15 Minuten kam er zurück.

„Alles klar oben. Fenster haben gehalten und das Dach scheint unbeschädigt zu sein. Das grenzt an ein Wunder, Chef." Der erwiderte nur: „Ist ja alles für viel Geld sturmsicher gemacht worden." Damit schien für ihn der Fall erledigt zu sein.

Kolle war es egal. Während draußen der Orkan wieder zunahm, freute er sich unter der Dusche, dass er noch warmes Wasser hatte. Allerdings ohne Kommentare der sprechenden Dusche Betty.

Als er nach seiner Kleidung im Schein der Taschenlampe suchte, gingen die Lichter wieder an. Nach einem Flackern erloschen sie wieder. Dann gab es wieder Strom. Kolle wartete etwas ab, bevor er seine Lampe ausschaltete. Als er nach zwei Minuten immer noch Licht hatte, atmete er auf.

Auf dem Flur traf er Onne, der gerade eines der nicht belegten Zimmer verließ. Die Hose, die man ihm gegeben hatte, war an den Beinen mehrmals umgeschlagen und das viel zu große Sweatshirt schlabberte an seinem Körper.

„Sag nichts!", wies dieser Kolle mit einem Finger drohend zurecht.

„Ich sag ja nichts. Ich stelle mir vor, wie deine geliehene Unterhose aussehen mag."

„Welche Unterhose?", erwiderte Onne trocken.

Jetzt mussten beide lauthals lachen. An der Bar orderte er als Erstes zwei dreifache Whiskeys. Irischen wollte er jetzt haben. Ohne Eis und ohne Wasser.

Zum Hotelchef, der in der Küche stand, um mit dem Koch die Lebensmittellisten durchzugehen, sagte er: „Sie können die Gäste in ihre Zimmer schicken. Wir versuchen, eine

Runde zu schlafen. Bei dem Wetter flüchtet niemand. Schließen Sie aber alle Türen sorgfältig ab. Und ihre Angestellten bleiben bitte auch im Haus. Niemand verlässt das schwankende Schiff."

Nach einer kurzen Pause fügte er hinzu: „Gibt es was Neues vom Techniker?"

Der Hotelchef schien erleichtert zu sein, als er sagte: „Ja. Er hat sich eben über sein Funkgerät gemeldet. Sieht übel aus, aber er meint, er könne es provisorisch richten."

Als Kollerup und Onne in den tiefen Clubsesseln hingen, zündete Kolle sich zwei Zigaretten an. Mit Spezialtabak. Das hatte er sich verdient, fand Kolle, und bot Onne auch einen Joint an. Der zuckte nur einmal mit einer Augenbraue und nahm das Angebot an. Irgendwann saßen sie kichernd und trinkend – der Barkeeper war so nett gewesen, die Flasche auf die Theke zu stellen – in den bequemen Loungesesseln und lauschten leiser Fahrstuhlmusik. Es blieb nicht bei einem Joint. Stunden später dämmerten sie zu den Klängen von *ACDCs Whole lotta Rosie,* natürlich in einer kitschigen Piano-Lounge-Version, in einen leichten Schlaf.

„Gottlob hat Angus damals nicht Klavier gelernt, sondern Gitarre", hauchte Onne noch.

Hotel

Erster Tag nach dem Unwetter

08:00 Uhr

Der nächste Morgen erwachte genauso wie unsere beiden Helden in der Bar: grau und vernebelt. Jemand hatte die Musik gewechselt.

„Soll wohl aufmunternd sein“, stöhnte Kollerup. Bei diesem Musiksirup kam er nicht auf Touren! Er schleppte sich zur Rezeption.

Per Klimmzug zog er sich am Tresen hoch und lallte mit schwerer Zunge: „'allo! Jeman' da?“ Maik kam aus dem Büro.

„Moin, Herr Kommissar!“, begrüßte er Kollerup.

„Pschscht!“ Kolle zischte mit Zeigefinger am Mund: „Nich' so laut!“

Entschuldigend hob Maik beide Hände und etwas leiser: „Was kann ich für Sie tun?“

„Sie könn' mir sagen, wie ich normale Musik hören kann.“

„Normal?“

„Ja, normale Musik. Rockmusik, handgemacht. Normale, wie sie jeder normale Mensch hört.“

„Rock?“

„Ja.“

„Moment.“ Er ging ins Büro. „*ACDC* und so?“, rief er.

„Nicht heute Morgen! Irgendwas 60er-Jahre oder 70er-Jahre.“

„*Pink Floyd?*“

Kolle stöhnte erleichtert. „Ja!“

Sekunden später erklangen die ersten Noten von *Shine on you crazy diamond.*

„Sie haben mir das Leben gerettet, Maik!"

„Aus meiner Privatsammlung. *Pink-Floyd*-CD-Box."

Zurück im Restaurant roch es nach Kaffee. Vorsichtigen Schrittes schlich Kollerup zur Anrichte, wo das Frühstück vorbereitet wurde, und schnüffelte an der Kaffeekanne. *Hab' ich es gewusst,* triumphierte er innerlich. Letzte Dröhnung der schwärzesten Röstung. Onne schlürfte an einer Tasse und sog dieses Teerzeugs in sich hinein.

„Wenn ich auch so erschossen aussehe wie du, können wir locker in einem Zombiefilm mitspielen!", begrüßte ihn sein neuer Freund.

„Ja, sicher, und das schwarze Zeugs schmieren wir uns ins Gesicht, das wird hammergruselig."

Kolle wollte einen normalen Filterkaffee, den er bei Nele bestellte, die heute aussah, als ob sie auf einer Schönheitsfarm übernachtet hatte. Er setze sich. Kaum hatte er seinen Kaffee, kam Budnik, der Hotelchef.

„Guten Morgen, Herr Kommissar. Schlechte Nachrichten. Die Stromzufuhr vom Festland, das Festnetz und Satellitenverbindung sind unterbrochen."

„Waren Sie schon draußen?"

„Ja. Der Anleger ist total zerstört. Da kann in den nächsten Tagen kein Schiff anlegen."

„Das ist gut. Dann kann auch niemand flüchten", freute sich Kolle.

„Ist eh gerade Hochwasser", meinte Budnik. Kolle nickte und trank dankbar seinen normalen Kaffee.

„Aber", der Hotelchef hob einen Finger, „wir haben Radioempfang!"

„Super!"

„Aber es sieht auf dem Festland nicht gut aus. Mehrere kleinere Schiffe, die an Land geworfen worden sein sollen, abgedeckte Häuser, entwurzelte Bäume. Gottlob keine Toten, allerdings mehrere hundert Menschen verletzt. THW und Bundeswehr räumen gerade auf. Vor morgen früh ist nicht mit einer Fähre zu rechnen. Die Inseln sind glimpflich davongekommen. Wie es auf den anderen Halligen aussieht, ist nicht bekannt."

Kolle dachte nach. „Hubschrauber!", rief er einem Einfall folgend.

„Alle im Einsatz, wie es heißt. In den Nachrichten und Sondersendungen wird berichtet, dass alle verfügbaren Helikopter in der Luft seien. An die Halligen und Inseln wird appelliert, noch einen Tag durchzuhalten."

„So, heißt es das? Gut." Er sah auf seine Uhr. „Ich möchte gerne den Toten untersuchen. Meine dürftigen Kenntnisse müssen dieses Mal ausreichen. Ab elf Uhr werde ich erste Befragungen durchführen. Stellen Sie bitte sicher, dass sich Ihre Gäste dann zur Verfügung halten. Aber jetzt muss ich etwas essen."

Nach dem Frühstück ging er mit Onne vor die Tür. Kühle Luft schlug ihm entgegen. Vom Wattenmeer war nicht viel zu sehen. Dichter Nebel begrenzte die Sicht auf höchstens 20 Meter.

„18 Grad", sagte Onne mit einem Blick auf das Außenthermometer. Das, was sie sehen konnten, sah auf den ersten Blick nicht anders aus als sonst. Dann schlenderten sie den Rundweg entlang und mussten mehreren Baumresten ausweichen.

„Bäume!", rief Kolle erstaunt.

„Ja. Vermutlich vom Festland oder von Hooge drüben. Weiß der Geier", erwiderte Onne.

Vom Anleger war nichts übrig. Bestes Tropenholz und Eichenstämme, einfach weg. Dann wandten sie sich zur Kapelle. Onne war schon sehr nervös.

Als sie dort ankamen, drängelten schon die ersten Schafe ins Freie. Onne zählte schnell durch. Es waren genauso viele wie vorher. Exakt 200 Schafböcke. Der malende Schäfer atmete auf. Nur seine Hütte war nicht schadlos davongekommen. Das Dach fehlte. Außerdem waren sämtliche Fensterscheiben zerstört.

„Kann man wieder reparieren!", rief Onne munter.

In der Hütte sah es aus wie nach einem Erdbeben. Nicht ein einziges Bild hing an den Wänden. Kolle war entsetzt! Das Werk eines Künstlers, weggewischt. Aber Onne schien guter Dinge zu sein. Ein Lied pfeifend, sah er sein ehemaliges Heim an. Er hob das eine oder andere hoch und sagte dabei: „Kann man alles reparieren." Dann ging er in die Ecke, in der die Nasszelle war. Sie gab es noch. Die Tür der Dusche war verschlossen. Mit einem theatralischen „Aha!" riss Onne sie auf. Da lagen sie! Seine Bilder. Mit einer Plane sorgfältig festgezurrt. „Muss nachher alles ins Haus gebracht werden. Aber momentan liegen sie hier ganz gut." Onne verschloss die Tür der Dusche wieder sorgfältig und dann stolperten sie weiter.

„Sag mal, was denkst du über die letzte Nacht?", fragte Kollerup.

Onne suchte im Schutt nach dem Kühlschrank. Er bemerkte, dass der Maler seine Frage nicht gehört hatte.

„Was machst du da!"

„Bier. Ich suche mein Bier."

„Scheiß auf dein Bier! Da ist nichts mehr."

„Doch. Muss."

„Ist doch ganz normales Bier! Im Hotel gibt es die gleiche Sorte."

„Nö."

„Wie. Nö."

„Im Hotel gibt es das nicht. Würde mich sehr wundern."

„Da ist er! Hilf mal." Kolle stöhnte und half.

„Ha!" Onne hielt triumphierend zwei braune Flaschen hoch. Sahen unscheinbar aus, fand Kolle. Gar nicht wie

Bierflaschen, sondern eher wie alte Weinflaschen. Der Hals mit rotem Wachs versiegelt.

„Weißt du, was DAS ist?" Onne fuchtelte damit vor Kolles Nase herum.

„Bier?"

„Ja, sicher! Aber welches?"

„Flens?"

„Ich bezweifele, dass die damit zu tun haben."

„Du willst doch wohl nicht sagen, dass du das Bier unserer verfeindeten Nachbarn trinkst! Dithmarscher!"

„Ah! Nein!" Onne freute sich wie Rumpelstilzchen.

„Also gut, ich gebe auf." Jetzt wollte Kolle es endlich wissen.

„Es ist das älteste Bier, das man hier in dieser Gegend haben kann." Onne liebte Rätsel. Jetzt stöberte er wieder herum und fand unter einem Holzstapel einigermaßen trockenes Zeitungspapier. Er wickelte die Flaschen sorgfältig ein und übergab eine davon Kollerup.

„Nicht fallenlassen", ermahnte er ihn.

„Nicht trinken, wäre angebrachter jetzt", grinste Kollerup.

Wortlos gingen sie zum Hotel. Kolle konnte warten. Wenn Onne so weit war, dann würde er ihm schon reinen Wein – oder passenderweise reines Bier – einschenken. Soweit sie es überblicken konnten, schienen die Wohnhäuser und das Hotel den Hurrikan fast schadlos überstanden zu haben.

Die Salzwiesen selber sahen natürlich nicht mehr so idyllisch aus wie vorher. Treibgut jeder Größe und Art lag herum. Sogar einige Wellblechdächer, vermutlich von einem Schuppen der Nachbarhallig. Ein großes Stück steckte wie ein abgestürztes Raumschiff schräg im Gras. Ansonsten alles das, was man nach einer Sturmflut üblicherweise immer vorfindet: Plastikflaschen, Kisten, Balken und Kanister. Und auch ein Kinderwagen, was Kolle zu denken gab. Er hoffte, dass die Mutter hoffentlich so schlau gewesen war, das Kind vorher in Sicherheit zu bringen.

„Sag mal. Hörst du das?" Er blieb stehen und lauschte.

„Nö. Ich höre nichts."

„Das meine ich doch!"

„Diese Ruhe?"

„Ja!"

Kein Wind, keine Möwen, selbst das Wasser lag irgendwo im Nebel völlig lautlos da. Keine Signalhörner der Schiffe. Sogar das bei einer solchen ruhigen Wetterlage kaum wahrnehmbare Wummern der Schiffsmotoren fehlte. Es war totenstill.

Hallig

Drei Tage vor dem Unwetter

12:00 Uhr

Unerbittliche Hitze und eine Luftfeuchtigkeit, die sich mit der in tropischen Breiten messen konnte, schlug dem Rentnerpaar Sievertsen entgegen, als es die klimatisierte Passagierkabine der Fähre verließ und die Hallig betrat.

Etwas verloren standen sie am Anleger der Hallig und wussten zunächst nicht, wie sie sich verhalten sollten. Wollte das Hotel nicht einen Wagen schicken, um sie abzuholen? Ihr Gepäck – vier Koffer und zwei Taschen – hatte der freundliche Mitarbeiter der Fähre ihnen zum Steg gebracht. Ratlos sahen sie sich an.

„Wir könnten schon mal zwei Koffer zum Hotel bringen.“, schlug Kurt Sievertsen vor.

Heidi Sievertsen schien das absolut nicht recht zu sein. „Nein. Wir haben bezahlt“, erwiderte sie resolut und fügte hinzu: „Und die Gepäckbeförderung gehört zum Service!“

„Sieh mal!“ Kurt deutete zur Hotelwarft, die mit dem wuchtigen Bau des Haubargs die Hallig beherrschte. Strahlend weiß leuchteten die frisch gekalkten Wände vor einem blauen Sommerhimmel, der mit kleinen Wölkchen dekoriert jeden Ansichtskartenfotografen vor Freude hätte jubeln lassen. Ein kleines blaues Auto bewegte sich lautlos auf sie zu und schlängelte sich auf der gewundenen einspurigen Straße in Richtung Anleger. Ein junger Mann sprang mit einem „Moin!“ aus dem Elektrofahrzeug.

„Moin“, erwiderten Kurt und Heidi im Chor.

„Ich bin Knut, willkommen auf Grienoog!“

Mit einem kräftigen Händedruck begrüßte er die beiden und bat sie, im Wagen Platz zu nehmen. Als er das Gepäck verstaut hatte, glitten sie geräuschlos zum Hotel.

„Zum ersten Mal auf Grienoog?“ Lässig, eine Hand am Lenkrad, beugte Knut sich nach hinten.

„Jo“, erwiderte Kurt. Heidi litt unter der Hitze und sagte nichts.

„Dann werden Sie Ihren Aufenthalt sicher genießen.“ Ihr Fahrer deutete auf eine Kirche und sagte: „Das da hinten ist unsere Attraktion. Die Kapelle ist über 300 Jahre alt. Davor das nächste Highlight: unsere Schafe.“ Etwa 80 Schafe hechelten wiederkäuend auf einer großen Wiese vor der Kapelle, die wie jedes Haus hier auf einer Warft stand.

Etwas abseits stand eine kleine Hütte, vor der ein Zwerg im Unterhemd an einer Staffelei saß und eine Leinwand mit dunkler Farbe beschmierte.

„Onne“, erklärte der junge Mann. „Unser Hirte, Maler und die dritte Attraktion von Grienoog.“

Als sie die Auffahrt zum Eingang des Hotels hochfuhren, war es fast so, als ob sie flögen. Sanft kamen sie zum Stehen und Knut half ihnen beim Aussteigen.

Im Foyer wurden sie von einer friesischen Schönheit begrüßt: „Moin, ich bin Nele. Willkommen auf Grienoog! Wenn Sie bitte hier zur Rezeption entlangkommen würden? Knut kümmert sich um Ihr Gepäck.“

Als sie die Formalitäten erledigt hatten, bekam jeder einen Beeper ausgehändigt.

„Damit können Sie jederzeit das Elektrofahrzeug rufen, und Knut wird sie dann abholen.“

Kurt wollte zunächst ablehnen.

„Auf einer Hallig? Kann man doch bequem zu Fuß …“, aber Heidi knuffte ihn in die Seite und nahm beide Beeper entgegen. Svenja, die Rezeptionistin, lächelte und erklärte ihnen das Übliche zu den Frühstückszeiten und den Annehmlichkeiten, die die Gäste hier genießen konnten: „Außerdem können Sie die E-Bikes nutzen. Für Hotelgäste kostenlos."

Im Zimmer bestaunten sie die technischen Neuigkeiten der Sanitärtechnik. Eine sprechende Dusche! Daran, dass es keinen Wasserhahn im Waschbecken gab, mussten sie sich zunächst gewöhnen. Fotozellen steuerten die Wasserzufuhr und die Temperatur. Und die Toilette reinigte sich selbst. Im Schlafbereich gab es einen Fernseher, der sie mit Neuigkeiten der ganzen Welt versorgte, daneben ein Tablet, mit dem sie im Internet surfen oder ihre Tageszeitung online lesen konnten.

Bis zum Abendessen hatten sie noch reichlich Zeit die Hallig zu erkunden und so beschlossen sie, ausnahmsweise die E-Bikes auszuprobieren. Beide waren sie zwar nicht unsportlich, aber warum nicht, wenn es nichts kostete? In leichter sommerlicher Bekleidung schwangen sie sich auf die Räder und radelten auf dem Rundweg los. Auf den Wiesen blühten zu dieser Jahreszeit viele Blumen. Neben dem violetten Strandflieder, dessen Blühphase jetzt begann, sah der helle Wermut ganz entzückend aus, fand Heidi Sievertsen.

An der Schafweide hielten sie kurz an und sahen dem malenden Zwerg zu, der immer noch mit der Leinwand beschäftigt war. Als der sie bemerkte, sah er kurz rüber und winkte freundlich mit dem Pinsel.

„Moin!", rief er ihnen zu.

Sie winkten zurück und fuhren zur Kapelle. Leider war der Zugang von einem niedrigen Zaun versperrt und nur mit Mühe konnten sie einen Blick ins Innere werfen. Von Weitem sah der Bau wesentlich größer aus, als er wirklich war. Die Kapelle war eher einem kleinen Häuschen ähnlich als einem ehemaligen Gotteshaus. Sie hatte zwar einen kleinen Glockenturm, um den Mauersegler halsbrecherisch ihre Kreise zogen, ansonsten wirkte das Gebäude schäbig. Das Dach des Schiffes war zugekotet, einige Fenster mit Holzlatten provisorisch vernagelt. Der Eingang an der Westseite, ein gähnendes Loch, dürftig mit einer Wellblecheinfassung vor den schlimmsten Wetterbedingungen geschützt. Einige Schafe standen am Zaun und sahen neugierig zu den beiden Menschen. Andere lagen im Schatten des Turmes hechelnd an einem Wassertrog.

Dann fuhren sie an einem extrem gut gepflegten Stückchen Rasen vorbei, in dessen Mitte ein großes H mit gelben Platten gelegt war. Ein Hubschrauberlandeplatz! Man hatte an alles gedacht auf der Hallig.

Ein großes Wohnhaus stand abseits des Platzes, wie jedes Haus auf den Halligen auf einer Warft. Dem Helikopterplatz schloss sich eine Minigolfanlage an, die eher Maximaße hatte. Neben dem Platz eine Hütte, die allerdings verschlossen war. Ein Schild über der Tür verriet ihnen, dass die Anlage zum Hotel gehören würde, und daneben waren die Öffnungszeiten zu lesen. Vormittags von 9 bis 14 Uhr und nachmittags von 15 bis 20 Uhr konnte man kleine Bälle in die Salzwiesen schleudern. Dann fuhren sie am Anleger vorbei und weiter den Rundweg zum Strand des Hotels entlang.

Der war allerdings auch erstaunlich groß. Er zog sich von der östlichen Seite der Hallig bis zur südlichen direkt unterhalb des Hotels. Mehrere Strandkörbe standen hier großzügig verteilt mit Blick auf das Wattenmeer. Holzwege, edelstes Tropenholz, verbanden die Warft mit der Strandbar, wo sie heute essen würden.

Die ganze Zeit, in der sie unterwegs waren, sprachen sie nur wenig. Außer einem „Sieh mal da!“ oder einem „Guck mal, ist das Amrum da hinten?“ redeten sie nichts weiter.

Kurt machte ab und zu Fotos mit seinem Smartphone und Heidi beschränkte sich darauf, ihm zu sagen, wovon ihr Mann Bilder machen sollte. Sie waren schließlich nicht zum Vergnügen hier, auch wenn ihr Aufenthalt heute etwas von Karibikurlaub hatte.

Im Zimmer zurück speicherten sie die Fotos auf ihrem Notebook und sahen sie sich noch einmal genau an. Als das der Kapelle auf dem Monitor erschien, waren sie sich wortlos einig. Dort sollte die Rache vollzogen werden. Die Kirche war ideal.

*

Beim Abendessen waren sie nicht alleine. Am Nebentisch saß eine Familie mit einem sehr braven Jungen, der völlig untypisch für Kinder seines Alters absolut stillsaß und sich mit seiner Mutter unterhielt. Frisch gekämmte Haare, eine Designerbrille für Kinder auf der Nase. Er trug ein Hawaiihemd, das noch die Legefalten aus dem Geschäft zeigte.

Armer Bursche, wie alt mag der sein? Fünf Jahre oder schon sechs, dachte Kurt Sievertsen.

Er sah seine Frau an, der offensichtlich dasselbe durch den Kopf ging, und lächelte. Da war ihre Tochter damals ganz anders gewesen. Kaum zu bändigen. Hatte immer eine Frage parat, die ein unendliches Interesse an der Welt gezeigt hatte.

Die Eltern des Jungen sahen so aus, als ob sie sich in dem modernen Ambiente des Hotels zu Hause fühlten. Kurts Welt war das nicht. Sie konnten es sich locker leisten, aber er fand, dass weniger besser wäre, wenn er an die 70er-Jahre zurückdachte. Kein Flachbildschirm in jedem Raum.

Im Foyer, an der Bar und auch hier an der Wand der Restaurantbar liefen die neuesten Nachrichten aus aller Welt. Früher war man im Urlaub, basta. Kein Fernseher, vielleicht das Radio leise im Hintergrund, und maximal die lokale Tageszeitung am Abend. Er hatte auch nichts gegen gebrauchte Möbel, wenn sie wirklich alt waren. Nur ging ihm dieses „Auf-Alt-Getrimmte" auf die Nerven. Sie rochen und fühlten sich neu an, sahen aber aus wie aus Opas Gartenlaube. Hellgrau gestrichen. Betonung auf „gestrichen", denn jedes Pinselhaar hatte im Used Look der Möbel seine weißgraue Spur hinterlassen. Dann hatte man es abgeschliffen und eine Nuance dunkler getüncht und das so oft, bis vier Schichten Farbe sichtbar waren. Dann lieber die alte verklebte Theke seiner alten Dorfkneipe mit den dunkelbraunen Holzstühlen, von denen immer einer gewackelt hat, ging es ihm wehmütig durch den Kopf.

Der etwa 40-jährige Mann redete mit seinem Smartphone. Satzfetzen waren zu hören.

„Ja … Maybach hier. Wie, morgen geht nicht … ach … ja gut, dann nächsten Sonntag? … Gut, noch vor der Wattführung … ja, alles gut. Kein Problem. Bis dann, Herr Wolters."

Als Maybach das Smartphone zur Seite legte, bestellte er mit einem Fingerschnippen die Bedienung zu sich. Kurt schnaubte verächtlich. Yuppiearsch. Er lächelte seine Frau an. Sie hatte auch den Namen gehört.

Eine schlanke Dame betrat das Restaurant. Sie schien die 50 überschritten zu haben, aber Kurt ahnte, dass sie in ihren jüngeren Zeiten der Schwarm aller Männer gewesen sein musste. Kurze graue Haare, brauner Teint. Unsicher sah sie sich um und setzte sich neben die offene Verandatür, mit Blick auf das Meer.

Kurts Frau schien in Gedanken weit weg zu sein. Er berührte ihre Hand und sie kam zurück in die Realität. Er beugte sich vor und flüsterte: „Bald ist es vorbei." Sie nickte und aß den Rest ihres Desserts.

„Na dann", sagte er laut. Sie standen beide auf, verließen das Restaurant durch die Verandatür und schlenderten hinunter zum Strand. Ein wunderschöner Sonnenuntergang. Trotzdem war es immer noch schwülwarm und eine leichte Brise verschaffte ihnen kaum Abkühlung. Träge schwappten kleine Wellen an den künstlich aufgeschütteten Strand.

Sie bestellten sich an der Strandbar Longdrinks und setzten sich in einen der Strandkörbe. Eine Weile hingen sie ihren Gedanken nach. Dann zog Heidi Sievertsen ihre Kamera aus der Umhängetasche und sie sahen sich die Bilder an, die sie auf ihrer Halligrundfahrt gemacht hatten. Ja. Absolut. Die alte Kapelle war ideal. Dorthin würden sie ihn locken und dann bestrafen.

Sie waren auf der Hallig, um den zur Rechenschaft zu ziehen, der für den Tod ihrer Tochter verantwortlich war.

Hallig

Erster Tag nach dem Unwetter

09:00 Uhr

Kolle und Onne standen noch lauschend eine Weile einfach nur da. Als es Onne zu langweilig wurde, stupste er Kolle an und forderte ihn auf, zum Hotel zu gehen. Der Husumer Kommissar war plötzlich sehr nachdenklich.

„Ich weiß nicht …", seufzte Kollerup und schüttelte seinen Kopf.

„Was weißt du nicht?"

„Na, denk mal darüber nach. Wir sind hier auf einem Stück Land, das irgendwann mal Teil des Festlandes war. Eine Hallig."

„Ja, und?" Onne sah seinen Freund an.

„Der Untergang vieler Orte und Dörfer war die Folge von immer höheren Sturmfluten. Hatte wohl was mit der Klimaerwärmung und ihren Folgen zu tun."

„Na ja." Onne wackelte mit dem Kopf.

„Ja, wie?"

Onne hob einen Finger. „Nach der großen Eiszeit, als die Mammuts verschwunden waren, und die Menschen wieder vermehrt in den Norden zogen, wurde es ständig wärmer. Das kann nicht die Ursache eines von Menschen verursachten Klimawandels gewesen sein."

„Ja, ich weiß." Kolle wusste auch, dass es ein ständiges Abkühlen und Erwärmen in den letzten Jahrhunderten gegeben hat.

„Aber, was ich sagen will ist, dass wir jetzt scheinbar wieder in einer Zeit der Erwärmung leben. Allerdings ist diese Erwärmung auf der ganzen Erde spürbar und sie geht schneller voran als die letzten Warmzeiten der Erdgeschichte. Der Orkan, der möglicherweise ein Hurrikan war, ist so ein Zeichen."

Onne wiegte skeptisch seinen Kopf. „Mag ja sein, aber ob es ein Hurrikan war?" Er zuckte mit den Schultern. „Sieh mal", sagte er und blieb stehen. „Selbst wenn es so wäre, was willst du dagegen machen?"

„Nichts. Ich fand es eben nur bezeichnend, dass wir jetzt wieder in einer Zeit der Erwärmung mit steigenden Sturmfluten leben. Und wir befinden uns auf einem Zeitzeugen der Folgen eines steigenden Meeresspiegels." Er stampfte mit einem Fuß auf. „Diese Hallig."

„Tja. Alles fließt." Onne war in dem Punkt pragmatischer. „Nichts bleibt wie es ist."

„Apropos fließen ...", Kolle hob eine in Zeitungspapier verpackte Bierflasche. „Ist das trinkbar?"

„Nichts bleibt wie es ist", wiederholte Onne grinsend.

Im Hotel schritten sie zur Tat. Leichenschau. Und natürlich die Verdächtigen befragen. Es sah nicht so aus, dass bald vom Festland Hilfe kommen würde. Also musste Kollerup improvisieren. So gut er konnte. Vom Haustechniker Jan-Ole lieh er sich eine Digitalkamera mit Stativ, aus der Küche einen Karton mit Einweghandschuhen. Auf die obligatorischen Overalls musste er heute ausnahmsweise verzichten.

Zunächst ließ er den Toten aus der Kühlkammer in eines der unteren Zimmer bringen. Wolters war kein Leichtgewicht. Onne, Herr Maybach und er hatten ziemliche Mühe, die Leiche auf den improvisierten OP-Tisch zu hieven. Er verbat sich jegliche Störung, baute die Kamera auf und begann, den Toten oberflächlich zu begutachten.

„Todeszeitpunkt steht ja fest." Kollerup notierte sich die Zeit und sah dabei Onne an. Der zuckte nur mit den Schultern.

„Haben ja alle Gäste gesehen, dass er gestorben ist."

„Genau, Onne", bestätigte Kolle.

„Jetzt müssen wir den Toten vermutlich auf äußere Wunden untersuchen und so?" Onne schien ganz aufgeregt zu sein. „Cool. Wie im Fernsehen."

„Jepp."

„Lupe?"

„Jepp!"

„Hier!"

In den nächsten Minuten war es so still im Zimmer, dass man die Schafe auf der Wiese blöken hören konnte. Onne nahm die Kamera in die Hand und begleitete Kolle, der die derzeitige Uhrzeit, wer anwesend war und wer untersucht wurde, bekanntgab.

„Ich beginne bei den Füßen. An den Schuhsohlen …", er schnupperte daran und fuhr fort: „Schafskot."

„Bleibt auf dieser Hallig nicht aus", murmelte Onne und zoomte die Sohle mit Kot heran.

„Kleidung." Kolle setzte seinen Rundgang um die Leiche fort.

„Leichte Sommerkleidung. Hose, leichtes Hemd. Unbeschädigt. Unterarme weisen Schürfwunden auf. Ante mortem."

„Häh?"

Kollerup verdrehte seine Augen. „Weil die Schürfwunde verschorft ist. Nach dem Tod fließt kaum noch Blut."

„Ah so. Ja, klar", entschuldigte sich Onne kleinlaut.

„Weiter. Hose ist in Kniehöhe stark verschmutzt. Außerdem sind die Handflächen verletzt."

„Auch ante?"

„Wie bitte?"

„Vor dem Tod, nach dem Tod oder Todesursache?" Onne sah ihn grinsend an.

„Wenn du so weiterfragst, bekommst du gleich ein Antemortem-Veilchen." Kolle grinste zurück und schwenkte die Lupe bedrohlich. „Gesicht und Kopf, keine Verletzungen. Aber …", er kam jetzt zum Wesentlichen und Offensichtlichen, „am Hals eine etwa zehn Zentimeter lange Schnittwunde. Unregelmäßiger, gewellter Rand. In der Wunde steckt etwas."

Während Onne intensiv die Wunde aufnahm, eilte Kollerup zur Tür, riss sie auf und stieß mit dem Techniker zusammen. „Eine Spitzzange, bitte. Schnell."

Jan-Ole rannte los. Der Hotelchef sah ihn an. „Schon was entdeckt?"

„Nein." Kolle fiel etwas ein: „Ach ja, sagen Sie bitte allen, dass ich sie in einer Stunde befragen werde."

„Selbstverständlich, Herr Kommissar!"

Jan-Ole kam mit einer Zange zurück. Kollerup schnappte sie sich und schloss die Tür. Vorsichtig zupfte er an der Wunde herum. Dann hielt er einen länglichen Gegenstand ins Objektiv.

„Hey. Nicht so schnell, sonst wird es unscharf!" Onne zoomte etwas zurück, bis es auf dem Display scharf sichtbar war.

„Sieht aus wie ein Stück Wellblech. Etwa zehn Zentimeter lang. Und etwa vier Zentimeter breit", dozierte Kolle. Er sah sich um und stellte fest, dass er keine Plastiktüten hatte. Er rief nach dem Hotelchef, der kurz darauf seinen Kopf ins Zimmer steckte.

„Plastiktüten brauche ich!", schimpfte Kollerup, über sich selbst sauer. Keine Minute später hatte er einen Karton mit Zippertüten. Vorsichtig tütete er das Beweisstück ein. Alles unter dem scharfen Auge der Kamera.

Er hob einen Zeigefinger und zeigte auf die Tüte, dazu redete er wie ein Fernsehmoderator in die Linse hinein: „Also erstes vorläufiges Ergebnis: Kurz vor seinem Tod zog sich der zu der Zeit noch Lebende vermutlich bei einem

Sturz Schürfwunden an Händen, Armen und Knien zu. In seinem Hals, auf der rechten Seite, eine Wunde, in der das eben gezeigte Stück Wellblech steckte. An der ansonsten sauberen Wunde keine Kruste mit getrocknetem Blut. Ich werde den Toten jetzt entkleiden."

Fluchend ging er, von der Kamera verfolgt, zur Tür und bat den Hotelchef um einige Mülltüten. Nach und nach tütete er die Kleidungsstücke ein, nachdem er sie auf sichtbare Spuren untersucht hatte. Als der Tote nackt vor ihm lag, bat er Onne, die Kamera am Stativ zu befestigen. Gemeinsam drehten sie die Leiche auf den Bauch. Keine Totenflecken. Kollerup sprach laut, damit die Aufnahme deutlich genug war: „Der Körper zeigt keine Hinweise auf Hypostase. Das bedeutet, dass nicht genug oder kein Blut im Körper vorhanden war, das die typischen Flecken nach einem Tod hervorruft."

Sie drehten den Körper wieder auf den Rücken. Jetzt wurde die Haut gründlich auf Verletzungen untersucht. Eine unangenehme Prozedur, da Kolle noch nie Leichen mochte, denen er auf Nasenlänge nahekommen musste. Er war schließlich Polizist und kein Mediziner oder Spurensicherer. Aber auch das hatte er irgendwann hinter sich. Als er der Meinung war, dass nichts weiter herauskommen würde, wickelte er die Leiche in Mülltüten und verklebte sie wie ein Paket. Kleidung, das Stück Wellblech und der Leichnam selber kamen wieder in die Kühlkammer. Die Speicherkarte kam ebenfalls in eine Tüte, die in Kollerups Hosentasche wanderte. Sicher ist sicher, dachte er. Dann hatte er Hunger.

Im Restaurantbereich wurden die Tische für das Mittagessen gedeckt. Der Hotelchef hatte beschlossen, dass alle an einem Tisch essen sollten. Schließlich war man gemeinsam hier eingeschlossen. Niemand hatte etwas dagegen.

Die Gäste waren in gedämpfter Stimmung. Nur der sechsjährige Malte, der Sohn der Maybachs, plapperte wie ein Wasserfall. Für ihn war alles ein riesiges Abenteuer.

Selbst als gestern Nacht der Tote an ihm vorbeigetragen wurde, wirkte er eher aufgeregt als ängstlich.

Nur langsam kam ein zähes Gespräch unter den Gästen auf. Wie lange es wohl dauern würde, ihr Robinson-Dasein? Wie ging es ihren Angehörigen und Verwandten auf dem Festland? Wie groß waren die Schäden? Fragen kursierten und niemand hatte eine befriedigende Antwort. In den Nachrichten der Radiosender hieß es immer wieder, dass die Schäden erheblich waren, die Zahl der Verletzten wurde stündlich nach unten korrigiert. Die Bevölkerung wurde aufgefordert, auf Überlandfahrten mit dem Auto zu verzichten. Die Stromversorgung war in fast allen Gemeinden wieder gesichert. Da der Katastrophenfall ausgerufen wurde, waren zurzeit mehr Rettungsfahrzeuge unterwegs als Privatfahrzeuge. Die Nachrichtensprecher wiederholten immer wieder den englischen Slogan aus dem Zweiten Weltkrieg: „Bleiben Sie ruhig und machen Sie weiter".

Als die ersten Gäste scheinbar keinen Appetit mehr hatten, räusperte sich Kollerup vernehmlich und stand auf. Solche Aufmerksamkeit machte ihn verlegen und er wusste nicht so richtig, wo er anfangen sollte.

„Einige werden mich vermutlich noch nicht kennen. Mein Name ist Kollerup und ich bin Hauptkommissar bei der Husumer Mordkommission. Eigentlich wollte ich Urlaub machen, aber leider ist es dann doch anders gekommen." Kolle suchte nach den richtigen Worten. „Egal. Jedenfalls kennen Sie unsere Lage. Ein Mann ist vor unseren Augen gestorben. Meine Aufgabe ist es nun, die Todesursache herauszufinden, Spuren zu sichern und Zeugen zu vernehmen. Da Sie ja wissen, dass wir momentan auf uns gestellt sind, bitte ich Sie um Ihre Mithilfe."

Kollerup beobachtete die Reaktionen der Gäste, während er sprach. „Ich werde also heute mit Ihnen ein Gespräch führen. Bitte versuchen Sie sich an den Tag und die Zeit vor dem Unwetter zu erinnern. Ist Ihnen etwas aufgefallen? Was kam Ihnen seltsam vor? Je mehr Sie mir erzählen, desto besser. Es ist auch egal, wie unwichtig es Ihnen erscheint." Er sah sich um. Nach einer Kunstpause fügte er hinzu: „Alles kann wichtig sein."

Onne raunte ihm zu, dass er sehr stolz auf ihn sei. Aber er sollte den Leuten schon noch sagen, wie er weiter vorgehen wolle. Kollerup setzte sich und bestellte einen Kaffee. Bevor er seinen Fehler bemerkte, stand auch schon eine Tasse mit bestem Filterkaffee vor ihm. Dankbar lächelte er Nele an. Nach einem tiefen Schluck erhob er sich erneut.

„Leute! Eine Sache noch."

Damit hatte nun niemand gerechnet und es war totenstill.

„Da wir inzwischen relativ ruhiges Wetter haben und ich durchaus verstehen kann, dass es Sie nach draußen zieht, muss ich dem üblichen Vorgehen folgen." Er nannte die Namen der Gäste und forderte sie auf, sich in der genannten Reihenfolge im Abstand von 30 Minuten im Büro an der Rezeption einzufinden.

Hotel

Erster Tag nach dem Unwetter

14:00 Uhr

Den Anfang machte Christa Hansen. Eine schlanke, gutaussehende Frau, deren wahres Alter nur schwer einzuschätzen war. Die erste Hälfte eines Jahrhunderts hatte sie sicher überschritten, wie ihre grauen Haare und ihre Hände verrieten. Das konnte Kolle ganz gut. An den Händen das Alter schätzen. Der Hals wies nur wenige Falten auf, aber das Gesicht war übersät mit Fältchen, die eher vom Lachen herrührten als von Sorgen. Von dem, was er sehen konnte, hatte sie am Körper kein Gramm zuviel und alles saß an der richtigen Stelle. Sie schien die letzte Zeit viel in der Sonne verbracht zu haben. Die Körperbräune sah natürlich aus. Nicht nach Sonnenstudio. Er würde sie nicht als klassische Schönheit bezeichnen, dafür war ihre Nase einen Tick zu schief und die Augen etwas zu weit auseinander, aber in ihrer Jugend musste sie der Schwarm vieler Männer gewesen sein.

Er verzichtete auf einen Begrüßungshändedruck und bat sie mit einer Handbewegung, Platz zu nehmen. Nachdem die Getränkefrage geklärt war, startete er auf dem geliehenen Tablet-PC die Tonaufzeichnung.

„Würden Sie mir Ihren vollständigen Namen sagen? Bitte deutlich." Kolle wies auf das Gerät.

„Christa Hansen."

„Wo ist Ihr derzeitiger Wohnsitz?"

„Ich wohne in Hamburg. Ottostraße 17."

„Was machen Sie beruflich?"

„Ich arbeite für eine US-Firma, die Windkraftanlagen baut. Als freie Beraterin."

„Freie Beraterin?"

„Ja. Da ich seit einem Jahr in Rente bin, aber von der Rente nicht leben kann, verdiene ich etwas nebenbei. Ich arbeite auf Honorarbasis."

„Warum sind Sie auf der Hallig?"

„Um mich mit Herrn Maybach zu treffen." Als sie den wissenden Blick des Polizisten sah, fügte sie schnell hinzu: „Geschäftlich."

„Was gab es denn zu besprechen?"

„Das hat mit dem Fall nichts zu tun", erwiderte sie schnippisch.

„Darf ich das bitte entscheiden?"

Sie zögerte kurz. „Also gut." Nach einem Moment fuhr sie fort: „Herr Maybach hat eine Möglichkeit gefunden, den Wirkungsgrad von Windturbinen auf fast 80 Prozent zu steigern."

„Aha?" Kolle sah sie fragend an.

„Das ist ein enormer Fortschritt! Momentan liegt er bei etwa 50 Prozent. Selbst vertikal …", sie unterbrach sich, weil sie bemerkte, dass der Polizist scheinbar nicht wusste, wovon sie sprach. „Also das, was wir hier an Küste haben, sind Horizontalanlagen. Die Drehachse der Rotoren liegt waagerecht. Dann gibt es noch die Anlagen, bei denen die Drehachse senkrecht steht. Das sind Vertikalanlagen."

„Aha."

„Ja, und bei den senkrechten Anlagen ist der Wirkungsgrad maximal etwa 40 Prozent."

„Was hat Maybach erfunden?"

„Eine Möglichkeit, bei Vertikalanlagen diesen auf fast 80 Prozent zu erhöhen. Sie verstehen, was das bedeutet?"

„Nein, was denn?"

„Na!" Sie sah den Polizisten erstaunt an. „Liegt das nicht auf der Hand?" Sie seufzte und fuhr fort: „Kennen Sie auch nur eine Vertikalanlage hier an der Küste? Nein, nicht wahr? Die Industrie hat sich auf Horizontalanlagen festgelegt. Weltweit werden fast 90 Prozent der Anlagen in dieser Bauart gebaut. Eine bahnbrechende Erfindung bei den Vertikalanlagen hätte zur Folge, dass die Gewinne der klassischen Windbranche lawinenartig einstürzen würden."

„Also haben Sie als Vertreterin dieser US-Firma den Auftrag bekommen, diese Erfindung dem Maybach abzukaufen?"

„Richtig."

„Und konnten Sie ihm das Patent oder was auch immer abkaufen?"

„Nein. So etwas muss man behutsam machen. Nächste Woche wollte ich Details besprechen. Er war nicht abgeneigt, aber wollte noch einige Tage Bedenkzeit."

„Ah so …", nachdenklich klopfte Kolle mit einem Finger auf den Tisch und fragte beiläufig: „Kannten Sie den Toten?"

„Ja."

„Ach."

„Ich hatte vor Jahren ein Verhältnis mit ihm."

„Wussten Sie, dass Wolters hier gelebt hat?"

„Nein. Das wusste ich nicht. Mir war aber bekannt, dass er von Föhr stammt."

„Wie und wo haben Sie sich kennengelernt?"

„Vor 40 Jahren in Hamburg. Er studierte Maschinenbau und ich hatte mich für Betriebswirtschaft eingeschrieben."

„Wie lange ging Ihr Verhältnis?"

„Bis er sein Diplom hatte. Also fast fünf Jahre. Dann ging er in die Staaten. Wir haben uns noch ein paar Mal geschrieben, aber dann haben wir uns aus den Augen verloren." Bedauernd zuckte sie mit den Schultern.

„Da waren Sie sicher traurig." Kollerup sah sie mitfühlend an.

„Ach nein." Jetzt spielte sie die Coole. „Gab ja genug andere Bewerber", sagte sie etwas zu schnippisch, fand Kolle.

„Danach hatten Sie nie wieder Kontakt?"

„Nein."

„Also doch?"

„Nein, wir hatten keinen Kontakt." Dabei blieb sie ganz ruhig. Um ihre Nase herum wurde sie etwas blasser.

„Gut. Dann schicken Sie bitte …", er sah auf seine Notizen, murmelte aber dabei: „Kann es sein, dass Wolters auch hinter dieser Erfindung her war?"

Christa Hansen stand plötzlich steif auf und ignorierte scheinbar seine Frage. „Das entzieht sich meiner Kenntnis", antwortete sie tonlos.

„Tja, dann…", Kolle stand nun ebenfalls auf. „Das war es fürs Erste. Falls mir noch was einfällt, weiß ich ja, wo ich Sie finden kann." Er sah allerdings, als er an ihr vorbeiging und ihr die Tür aufhielt, dass die coole Lady feine Schweißperlen auf der Stirn hatte. Es war wirklich keine Absicht, als er ihr hinterherrief: „Wo waren Sie zwischen neun und halb zehn gestern?"

Sie blieb stehen, schien zu überlegen.

„Beim Essen. Ich hatte gerade meine Bestellung aufgegeben, als Wolters am Fenster zusammenbrach. War's das?"

„Ja. Danke."

Fährschiff

Sechs Tage vor dem Unwetter

18:00 Uhr

Malte!" Marianne Maybach pflückte ihren Sohn mit einem Griff ihrer durch jahrelanges Krafttraining gestärkten Hände von der Reling der *Strandkrabbe.* „Malte! Du weißt, dass ich dir schon mehrmals gesagt habe, dass du bitte", dabei betonte sie das „bitte" besonders stark, „nicht auf das Schiffsgeländer klettern sollst!"

„Das heißt Reling, Mama!"

„Egal. Du gehst da nicht noch einmal hin! Haben wir uns verstanden? Bleibe bitte in meiner Nähe! Sollen dich die Haie fressen?"

„Mama", Malte verdrehte die Augen. „Katzenhaie fressen keine Kinder." Das hatte er in einem Buch gelesen. Seine Mutter seufzte. Was soll man einem sechsjährigen Hochbegabten noch beibringen? Von ihr hatte er das nicht, dachte sie und rief ihren Mann: „Frank! Würdest du bitte ...", und sie betonte das „bitte" wieder, „deinem Sohn sagen, dass er das bitte nicht machen soll?"

Frank Maybach sah seine Frau an und lächelte. Beide waren fast genau auf den Tag gleichaltrig. Ihm und seiner Frau sah man es an, dass sie sich durch Sport fit hielten und auf ihre Gesundheit achteten. Auch durch ihre Kleidung unterschieden sie sich von einem durchschnittlichen Fahrgast: Dass es ihnen finanziell gut ging, konnte man unschwer erkennen. Beide wollten natürlich nur „das Beste" für ihren Sohn, und er ließ schon mal das eine oder andere bei Malte durchgehen. Er zwinkerte in die Sonne und rief seinen Sohn. „Malte!“ Er hob die Stimme bei der zweiten Silbe etwas an, als ob er eine Frage stellen wollte.

„Ja, Papa?“

„Malte, du weißt, was ich gesagt habe?“

„Ja, Papa. Ich soll mich benehmen.“

„Gut. Dann benimm dich. Wir wollen doch deine Mutter nicht in Angst versetzen. Oder?“

„Ja, Papa. Nein!“

„In ganzen Sätzen, bitte.“

„Ja, Papa. Wir wollen Mama nicht in Angst versetzen.“

„So. Und nun gehe dir ein Eis kaufen. Aber langsam, bitte!“

„Ja, Papa. Ich werde mir ein Eis ganz langsam kaufen.“

Malte schlenderte langsam in den Gastraum, aber kaum dass er außerhalb der Sicht seiner Eltern war, sauste er wie ein Flugzeug mit ausgebreiteten Armen durch den Gang zum Kiosk. Er knallte zwei Euro auf die Theke und sagte mit tiefer Stimme: „Ein Cola-Rum-Eis, bitte.“

Der Verkäufer machte große Augen. „Mein Kleiner, …“, wurde aber von Maltes tief verstellter Stimme unterbrochen: „Machen Sie schnell, es ist ein Notfall!“

Der Typ hinter dem Tresen lachte. „Ich darf dir das Eis nicht verkaufen. Du bist noch zu jung. Wie wäre es mit Erdbeer-Nuss?“

„Na gut. Aber es ist für meinen Vater. Der wird sich nicht freuen.“

„Dann schick' deinen Vater her. Ich darf dir das nicht geben.“

„Das ist doch sowieso kein echter Rum im Eis!“, beschwerte sich Malte.

„Trotzdem.“ Der Verkäufer reichte ihm ein Erdbeer-Nuss-Eis. Maulig nahm Malte das Eis und trottete mit grimmiger Miene auf das Deck zurück. So eine Gemeinheit! Im hohen Bogen flog das Eis ins Wattenmeer.

*

Endlich waren sie angekommen! Frank Maybach war angenehm überrascht von der Hallig. Seit etwa zehn Jahren wohnte er mit seiner Familie in Husum, war aber noch nie auf Grienoog. In der Ferne sah er einen weiß leuchtenden Haubarg und verstreut davor Häuser. Er zückte sein Telefon und rief die „Beeper-App" auf. Nach einigem Herumgedrücke auf dem Display hatte er die Funktion „Ankunft melden" aufgerufen und setzte den Ruf über den entsprechenden Button ab.

Sein Sohn saß derweil auf dem Steg und winkte dem Schiff hinterher, das sich mit einer schäumenden Spur in Richtung Föhr begab.

„Malte! Pass bitte auf!", ermahnte er ihn und fügte hinzu: „Du weißt, dass deine Mutter es nicht mag, wenn deine Sachen nass sind?"

„Ja, Papa, ich weiß, dass Mama es nicht mag, wenn meine Sachen nass sind."

Frank zwinkerte seiner Frau zu. Sie setzten sich auf die Bank am Anleger und warteten. Es war heiß und fast windstill. Strahlend blauer und wolkenloser Himmel. Marianne sah heute wirklich gut aus, dachte er. Braungebrannt, schlank und kein Gramm Fett zu viel. Alles an den richtigen Stellen. Ihre kurz geschnittenen roten Haare zeigten die ersten Strähnchen in Grau. Er zündete sich eine Zigarette an. Seine Frau sah ihn strafend an.

„Frank!" Ihre grünen Augen blitzten dabei kurz auf.

„Papa. Rauchen ist ungesund!" krähte vom Steg sein Sohn herüber.

Maybach zog noch einmal tief am Glimmstängel und trat ihn seufzend aus. So langsam durfte der Wagen kommen, dachte er und lehnte sich auf der Bank zurück. In der Nähe blökten Schafe. Sie standen am Zaun und sahen den Menschen wiederkäuend dabei zu, wie sie ihre Zeit mit Warten vertrödelten, statt Gras zu fressen. Schafe haben es gut, sinnierte Frank und dachte an die kommenden Verhandlungen auf der Hallig. Fressen und Schlafen. Ab und zu mal ein bisschen poppen. Gut, das Schlachten gehörte zum Leben dazu. Schließlich aß er auch ab und zu Schafsfleisch.

Er wollte sich mit einem Vertreter einer Windkraftfirma treffen. Ein gewisser Wolters. Bisher gab es nur telefonischen Kontakt. In einem der Koffer, die auf dem Anleger standen, hatte er sämtliche Unterlagen als Kopie dabei. Er ging noch einmal seine Argumente durch, die für ihre neue Technik der Savonius-Rotoren sprachen. Eigentlich nur Vorteile. Keine Geräusche wie bei den herkömmlichen waagerecht gelagerten Rotorblättern, nur ein leises Säuseln, und dank der innovativen Idee eines Mitarbeiters eine Erhöhung des Wirkungsgrades auf 80 Prozent.

Auf der schmalen Straße kam jetzt ein kleiner Wagen angeflitzt. Lautlos. Nur ein Surren und das Knirschen der Reifen auf dem sandigen Boden. Er rief seinen Sohn und stand auf. Na endlich.

Aus dem Flitzer, auf dessen Haube ein riesiger Aufdruck mit dem Schimmelreiter-Logo des *Hotel Deichvogt* prangte, sprang ein erschreckend gut gelaunter junger Angestellter des Hotels.

„Moin, Moin! Willkommen auf Grienoog!" Er streckte seine große Pranke den Maybachs entgegen.

„Moin! Einmal genügt", rief Malte.

„Klar", grunzte der Angestellte freundlich, der sich mit einem ebenfalls gegrunzten „Knut, wie der Eisbär" vorstellte. Schnell war das Gepäck verstaut und nach fünf Minuten Fahrt waren sie am Hotel, das als imposanter Bau in den Sommerhimmel ragte. Malte kam aus dem Staunen nicht heraus. Auch seine Eltern waren beeindruckt. Am Dach flitzten Schwalben herum und von irgendwo schwang leise Musik herüber. Traumhaft.

Im Foyer wurden sie genauso freundlich begrüßt wie am Anleger. Nach den in Hotels üblichen Anweisungen gingen sie auf ihr Zimmer. Was für eine Aussicht! Und das Bad!

Frank hatte schnell herausgefunden, wie er diese hochmoderne Dusche bedienen musste. Das hatten seine Frau und Malte allerdings auch. Die Eltern waren überrascht, wie lange ihr Sohnemann duschen konnte. Erst ihre Ermahnung, dass das Wasser kostbar sei und der Umwelt zuliebe damit sorgsam umgegangen werden müsse, stoppte den lustigen Disput zwischen der Automatik und ihrem aufgeweckten Sohn.

Abends saßen sie beim Abendessen mit einer Frau zusammen, die „schon uralt" sein musste, wie Malte flüsternd seinen Eltern mitteilte.

Hotel

Erster Tag nach dem Unwetter

15:00 Uhr

Die nächsten in der Befragungsrunde waren Frau und Herr Sievertsen. Zwei eher unscheinbare Menschen, fand Kollerup. Unauffällig und bieder, Senioren vom Typ „Sanddüne". Er trug ein Sommerhemd, das in den 80er-Jahren modern gewesen sein mag. Sie trug ein Kleid in Beige. Sanddüne eben. Er musste bei ihrem Anblick an einen Sketch eines bekannten Kabarettisten denken, der Menschen auf die Schippe nahm, die Beige als Farbe des Sommers gewählt hatten.

Nach den Begrüßungsfloskeln, der Aufnahme der Personalien und der Frage, wo sie zum vermuteten Tatzeitpunkt waren, wurde er persönlich.

„Sie sind zum ersten Mal auf der Hallig?"

„Ja. Schrecklich, was an so einem schönen Ort passiert ist!" Kurt Sievertsen schien erschüttert über den Tod des Wattführers zu sein. Auch seine Frau war sichtlich schockiert. Mit trauriger Miene sagte sie: „Man wünscht keinem so einen Tod. In so einer Nacht. Und so …", sie suchte nach einem passenden Wort, „… plötzlich."

„Können Sie sich vorstellen, dass jemand nachgeholfen hat?"

Kollerup wollte provozieren. Beide rissen ihre Augen auf.

„Wer soll denn …", Heidi Sievertsen war sprachlos. „Wir waren doch alle beim Abendessen!" Ihr Mann konnte es sich nicht vorstellen! Einer der Gäste etwa? Unmöglich.

„Wo die Angestellten waren, wissen Sie sicher auch?", fragte er den Kommissar.

„Das wissen wir noch nicht mit Sicherheit", erläuterte Kollerup knapp. „Haben Sie eigentlich Kinder?" Eher so nebenbei kam die Frage. Das Ehepaar sah sich betreten an. Frau Sievertsen seufzte und sagte: „Ja, wir hatten eine Tochter. Sie ist vor 40 Jahren ums Leben gekommen. Bei einem Verkehrsunfall. Der Fahrer wurde nie gefunden."

In dem Moment klopfte es an der Tür.

„Herein!", befahl Kolle.

Der Hotelchef.

„Ich muss Sie sprechen", sagte er, und man sah ihm an, dass es wichtig war. Kollerup entschuldigte sich bei den Sievertsens. „Wir sind dann ja auch zunächst durch hier. Oder haben Sie irgendetwas hinzuzufügen?" Beide schüttelten ihre Köpfe.

Vor der Tür flüsterte Budnik: „Wir haben Verbindung zum Festland. Ich wollte Sie als Ersten darüber informieren."

„Das haben Sie richtig gemacht", lobte ihn Kolle. „Lassen Sie uns in Ihr Büro gehen." Dort angekommen wählte er über das Festnetz die Nummer der Husumer Dienstelle. Besetzt. Er wiederholte den Vorgang mehrmals. Dann hob jemand ab. Sein Kollege Larsson! Nach einer kurzen Begrüßung gab Kollerup durch, was in den letzten beiden Tagen geschehen ist. Sein Kollege war hörbar froh, Kollerup wohlauf zu wissen. Dann berichtete er: „Wir haben momentan in Nordfriesland mehrere Gebäudeschäden, nur wenige Personenschäden … also Verletzte. Keine Toten. Auf den Inseln und anderen Halligen sieht es ähnlich aus wie bei Ihnen, Chef. Deiche haben gehalten. Aber viele Schafe sind umgekommen. Es werden zwar Menschen vermisst, aber ich denke, dass die bald unverletzt auftauchen. Gab ja eine frühe Unwetterwarnung. Die Köge sind soweit gut davongekommen."

„Passen Sie auf", Kolle unterbrach den Redeschwall. „Ich brauche dringend Informationen zu den von mir genannten Personen. Auch vom Toten."

„Klar."

„Gut."

„Sonst noch was?"

„Nein. Schicken Sie es mir als Mailanhang. Ich kann es mir dann ausdrucken. Alles pronto."

„Klar, Chef!"

Fährschiff

Zwei Wochen vor dem Unwetter

14:00 Uhr

Christa freute sich auf ihren Urlaub und die neue Aufgabe. Entspannt saß sie auf dem Sonnendeck der *Strandkrabbe* und genoss die warme Sonne, den Wind und die Weite des Wattenmeeres. Das Hotel auf der Hallig schien interessant zu sein, dachte sie, als sie die Informationen über den *Deichvogt* in der Broschüre überflog: *„Der Deichvogt. Es erwartet Sie die perfekte Symbiose von Hightech und Tradition."* Na ja, ein bisschen übertrieben, was dort versprochen wurde, entschied sie. Die Fotos zeigten einen normalen, aber imposanten Haubarg auf einer Warft. Was genau an der Einrichtung so toll modern sein sollte, erklärte die Broschüre nicht. Dort war lediglich zu lesen: *„Außer dem Üblichen, das man von einem Hotel der Spitzenklasse erwarten sollte, steht der Deichvogt für das Ungewöhnliche."* Weiter hinten in dem Heft waren sämtliche Annehmlichkeiten auf zwei Seiten aufgelistet. Unter vielen Dingen, die man üblicherweise in dieser Preiskategorie erwarten würde, wurde ein *„Interaktiver Duschkopf mit sprachbasierter Temperaturregelung"* erwähnt. Das fand sie lustig und stellte sich vor, mit der Dusche ein Gespräch über Wassertemperatur und Wasserstrahlstärke zu führen.

Sie griff sich ihre Rollkoffer, als über den Lautsprecher die Reisenden aufgefordert wurden, sich für den Ausstieg bereitzumachen. Am Bug wartend spürte sie die neidischen Blicke der Frauen im Rücken. Das Alter hatte es bisher gut mit ihr gemeint. Am Anleger rief sie das E-Taxi des Hotels, das von einem jungen Burschen gefahren wurde. Zu viele Muskeln, aber sonst ganz sympathisch, fand sie. Aber sie war geschäftlich hier. Nach Männerbekanntschaften war ihr momentan nicht, denn sie hatte anderes im Kopf: ihren Auftrag.

Ihren Anreisetag hatte Christa zwei Wochen vor dem eigentlichen Anlass ihres Aufenthaltes gewählt. So hatte sie Zeit, sich ein Bild von der Umgebung und der Örtlichkeit zu machen. Außerdem war sie, wie ihr der Besitzer an der Rezeption sagte, für eine Woche der einzige Gast. Umso besser. Ein wenig spazierengehen, relaxen und die Unterlagen in Ruhe studieren. Das Ziel stand fest: Sie musste der Kontaktperson ein Produkt abschwatzen. Das konnte sie. Schließlich war sie, wie ihr Ex-Chef versicherte, „Das beste Pferd im Stall". Während ihrer Tätigkeit für einen US-Windkraftanlagenhersteller in Hamburg hatte sie sich dadurch hervorgetan, dass sie schwierige Verhandlungen zum Erfolg führen konnte. So war sie zur rechten Hand eines ehrgeizigen Chefs aufgestiegen. Kurz hatte sie mit dem Sohn des Chefs ein Verhältnis, das beendet wurde, weil sein Vater für ihn in den Staaten eine Heirat mit der Tochter eines Geldgebers arrangiert hatte. Ende der 90er-Jahre stieg sie aus und bekam eine hohe Abfindung. Mit dem Erbe ihrer Familie und dem Geld der Firma war sie versorgt und musste sich keine Gedanken um ihr Auskommen machen. Zwischenzeitlich arbeitete sie freiberuflich als Beraterin für Firmen der Windbranche, um nicht vor Langeweile zu versauern. Sie lebte gut und teuer. Sie ließ sich nicht hängen und suchte immer die Herausforderung. So auch jetzt, bei diesem Auftrag ihres Auftraggebers, der ihr eine ansehnliche Provision in Aussicht gestellt hatte.

Sie genoss das entgegen ihrer Erwartung sehr gute Hotel auf der Hallig. Sie vertrieb sich die Zeit mit ausgedehnten Spaziergängen und mit regelmäßigen Besuchen des kleinen

Fitnessstudios. *Wie klein die Welt doch ist,* dachte sie wehmütig, als sie einmal an der Wasserkante stand und zur Insel ihrer Geburt blickte: Föhr. Die Welt war sehr klein, wie sie damals als Jugendliche erfahren musste, und das Festland war weit entfernt. Sie beneidete in ihrer Jugend die anderen in ihrem Alter, denen die Welt zu Füßen lag. So schien es ihr als Mädchen.

Jeder Jugendliche hatte seine Probleme mit der nordfriesischen Nordseeküste. In Hamburg war alles anders! Als sie von Föhr wegzog, um an der Elbe Betriebswirtschaft zu studieren, war es eine Befreiung. Nach einem Jahr in der Metropole war Föhr ein fremder Planet, den sie nie wieder betreten wollte. Ihre Eltern schickten ihr regelmäßig Geld, damit sie nicht nebenher jobben musste. Zu Weihnachten besuchte sie ihre Eltern. Anfang Januar war sie jedes Mal froh, endlich die triste Heimat gegen das Leben in Hamburg tauschen zu können. In den Sommermonaten fuhr sie mit Freundinnen von der Uni als Tramperin nach Spanien oder Griechenland. Aber niemals ließ sie ihr Ziel aus den Augen: Eines Tages würde sie es sich in einem supertollen Haus mit Mann und Kindern gemütlich zu machen. Dafür musste sie hart studieren und schleunigst Karriere machen. Während ihre Freunde an der Universität alles andere als ihr Studium im Kopf hatten, war sie eine ehrgeizige Studentin.

Dann lernte sie Kai Wolters kennen. Sie traf ihn bei einem der Weihnachtsbesuche auf Föhr. Sie kannten sich aus ihrer gemeinsamen Schulzeit, hatten aber damals kein Interesse füreinander gezeigt. An diesem Weihnachtstag, als sie sich zufällig trafen, fand sie ihn aber plötzlich sehr anziehend. Er stand damals kurz davor, nach Hamburg zu gehen. Elektrotechnik und Volkswirtschaft waren seine Fächer. Er wollte Politiker werden. Wie genau der Weg dahin aussah, war ihm nicht klar, aber Volkswirtschaft, fand er, war ein guter Start.

So zogen sie, als Frank in Hamburg ankam, zusammen. Eine schöne Zeit. Bis zu dem Tag, als sie sich fürchterlich stritten. Seltsam war er geworden, mit seinen ehrgeizigen Plänen, Politiker zu werden. Er hatte in mehreren Parteien erfolglos versucht, sich einen Namen zu machen, war aber letztendlich bei einer linksextremen Partei gelandet. Es mehrten sich zwischen ihnen die Reibereien, wenn es um Grundsätzliches ging. Er war radikal, und sie eher liberal und wollte nur gut leben. Er wollte, wie seine linken Kumpels auch, Deutschland verändern. Sie wollte, dass es so bleibt. Darüber stritten sie sich, und eines Tages wurde Frank aus der Wohngemeinschaft hinausgeworfen. Danach verloren sie sich aus den Augen.

Das ging ihr alles durch den Kopf, als sie an ihrem dritten Tag auf der Hallig Kai begegnete. Fast hätte sie ihn nicht wiedererkannt. Untersetzte Gestalt, leichter Bauchansatz und nicht die Spur von dem Menschen, den sie damals gekannt hatte. Geblieben waren im Kontrast dazu das Grinsen und der federnde Gang. Auch seine Kleidung war eine andere als in jener Zeit. Klar. Man passt sich an seine Altersgenossen an.

Wolters schien sie sofort zu erkennen, als sie mit anderen Tagesgästen im Pulk bereitstand, eine geführte Wattwanderung zu unternehmen. Er setzte seine Einführung nach einem kurzen Zögern fort und dann stapften sie los. Nach einigen Metern im Schlick kam er breit grinsend auf sie zu.

„Christa?“

Nein, der Osterhase, dachte sie. Dann nahm er sie auch schon mit seinen immer noch großen Pranken in seine Arme. Sie wollte keine öffentliche Aufmerksamkeit und ließ es zu, dass er sie drückte. Bedächtig schob sie ihn zurück, als die Gelegenheit günstig war, und lächelte unverbindlich.

„Ja, Kai. Ich bin es. Wie geht's denn so? Du arbeitest jetzt als Wattführer?“

„In unserem Alter muss man sehen, wie man seine Rente aufbessert." Er schien bemerkt zu haben, dass sie reservierter war als erhofft.

„Siehst nicht schlecht aus." Dabei sah er sie nicht an.

„Du hast dich auch verändert", konterte sie.

„Man wird realistisch, wenn man merkt, dass die Welt sich nicht ändert."

„Keine revolutionäre Zelle mehr?"

Das schien ihm unangenehm zu sein. Sein Grinsen schaltete sich ab und ein harter Blick stahl sich in seine Augen. Schweigend gingen sie weiter, vom matschenden Geräusch ihrer Schritte im Watt und dem vielstimmigen Gebrabbel der Gruppe begleitet.

Nach einer Pause sagte er nur kurz: „Nein. Hat sich anders ergeben."

Das war auch schon alles, was sie sich zu sagen hatten. Frank stellte sich an die Spitze der Urlauber und setzte seine Wattwanderung fort. Eloquent und versiert erklärte er die Besonderheiten, beantwortete Fragen, und nach einer Stunde hatten sie eine Sandbank erreicht, wo sie eine kurze Pause machten. Heiß brannte jetzt die Sonne, der eine oder andere Gast rieb sich Sonnenmilch auf die Nase.

Auf dem Rückweg vermieden beide die gegenseitige Nähe. Als die Gruppe bei ihrer Ankunft am Abend auf der Hallig sich langsam zerstreute, trat Wolters an sie heran.

„Ich würde mich freuen, wenn wir nachher an der Bar ein bisschen reden könnten."

Christa hatte plötzlich Mitleid mit ihrem alten Freund und sagte zu. „In einer Stunde?"

Er lächelte wie in früheren Zeiten, als sie sich in ihn verliebt hatte. „Abgemacht. Bis dann also."

Die nächste Stunde verbrachte sie mit Lesen. Auf ihrem Bett im Zimmer liegend ging sie die Unterlagen ihrer Mission durch. Eine heikle Aufgabe dieses Mal. Die Zielperson war verheiratet und würde zu allem Überfluss mit Ehefrau anreisen. Das verkomplizierte die Sache erheblich. Kai Wolters war auch ein Störfaktor, den man berechnen konnte. Vielleicht auch eliminieren.

*

An der Bar herrschte gähnende Leere. Die Musik im Hintergrund verstärkte die Leere. Kai Wolters saß mit einem Bier an der Theke. Er begrüßte sie mit einem „Was möchtest du trinken?"

Sie bestellte einen Gin Tonic mit Eis, der hervorragend zur eisigen Stimmung passte, die nun folgte.

„Na, womit beschäftigst du dich so?" Offenbar wollte er die verkrampfte Atmosphäre auflockern.

„Ich bin jetzt freiberuflich tätig." Sie wartete darauf, dass er damit herauskam, was er von ihr wollte. „Und du so?" Sie sah ihn direkt an. Fett war er geworden, fand sie. Aus dem schlanken Burschen ist ein untersetzter, mit Bierbauchansatz vergrämter Rentner geworden. Und diese Klamotten! Braune Cordhose, Wanderschuhe und ein grüngrau verwaschenes Sommerhemd.

„Siehste ja", entgegnete er achselzuckend und trank eher aus Verlegenheit einen Schluck. „Ich bin seit zehn Jahren Wattführer. Lohnt sich, neben der Rente."

Das Einzige, das sie interessierte, war, warum es der Zufall wollte, dass sie sich beide nach all den Jahren auf der Hallig trafen. In ihrer Heimat.

„Dir geht es ja ganz gut", war das Einzige, das sie mit Blick auf seine Leibesfülle sagte. Er bestellte ein neues Bier. Als es vor ihm stand, sagte er: „Lief ganz gut, mein Leben. Nach dem Studium mehrere Jobs in der Elektrobranche. München und dann Stuttgart. Als meine Eltern vor etwa 20 Jahren gestorben sind, bin ich wieder hochgezogen." Nachdenklich sah er auf das Bierglas und drehte es in der Hand. „Ich hab' dann den Besitz meiner Eltern verkauft.

Kennste ja, den Hof auf Föhr. Hat gutes Geld gebracht. Als Ingenieur bei einem Windkraftanlagenhersteller hatte ich gut verdient und ...", er hob seine Schultern, „da ich nicht verheiratet bin und keine Kinder versorgen musste, habe ich den Job gekündigt und bin zurück nach Föhr."

Eine Weile sagten beide nichts. Jetzt sah er sie direkt an:"Du hast dich absolut nicht verändert."

Das machte sie merkwürdigerweise verlegen, wie sie unwillig bemerkte. „Windkraftanlagen. Interessant", sagte sie hastig, um ihre Verlegenheit nicht zeigen zu müssen. „Hört sich wie mein eigener Weg an." Ihre Eltern hatten nichts hinterlassen, berichtete sie. Alles habe sie sich erarbeiten müssen. Nach dem Studium bekam sie in den Staaten einen Job und sei dort hängen geblieben. Verheiratet, keine Kinder. Ihr Mann sei vor 15 Jahren gestorben und habe ihr ein Vermögen hinterlassen. Dass sie freiberuflich für eine Firma als Talent- und Innovations-Scout arbeitete, verschwieg sie.

Hotel

Erster Tag nach dem Unwetter

15:30 Uhr

Kollerup wollte gerade auflegen, als sein Kollege ihm sagte, dass Eysenhardt ihn noch sprechen wolle. Es raschelte in der Leitung, dann dröhnte die befehlsgewohnte Stimme des Staatsanwalts: „Ich habe mitgehört, Kolle. Machen Sie, was Sie wollen, finden Sie den Mörder. Alles andere regele ich. Sie haben freie Hand. Zumindest bis die Verbindung zum Festland wieder steht. Sie verstehen?"

Kollerup verstand in der Tat nicht, was gemeint war, sagte trotzdem im zackigen Ton: „Oui, mon General!" Eysenhardt hatte mittlerweile aufgelegt. Es war das alte Spiel zwischen ihm und dem Staatsanwalt, zuerst am Tat- bzw. Fundort eines Tötungsdeliktes zu sein. Dieses Mal ging der Punkt an den Kommissar.

Sein Magen knurrte. Er ging Onne suchen. Er fand ihn an der Bar, mit einem Teller, auf dem sich verzweifelt eine Kartoffel an den Rand krallte. Sie hatte keine Chance gegen die Übermacht des Steaks, das das dürftige Gemüse zur Seite drängte. „Für mich dasselbe!", rief er, als er sich auf den Hocker schwang.

„Vor wenigen Momenten ausgegangen." Onne grinste, winkte ab. „War 'n Scherz."

Im Restaurantbereich saßen zwei Damen. Kolle überlegte. Ach ja. Frau Schneider und Frau Koch. Ihm fiel ein, dass die Sachen des Toten auf Spuren untersucht werden mussten. Arne, der Koch, brachte ihm sein Essen und fragte: „Bier dazu, Herr Kommissar?"

Kollerup sah ihn an und sagte trocken: „Nein, ich muss noch ermitteln." Fand der Koch witzig und lachte dröhnend.

„Schon 'ne Spur, Herr Kommissar?"

„Nö. Darf ich jetzt essen?" Kolle hatte keine Lust, mit leerem Magen über seine Arbeit zu reden. Außerdem brummte ihm der Kopf von der letzten Nacht. „Hast du was Wichtiges vor?", fragte er Onne zwischen zwei Bissen. Nebenbei versuchte er, sich nicht vorzustellen, wie diese Riesenportion im Körper seines Freundes, der gerade mal 120 Zentimeter maß, komplett verschwand. Der schob in diesem Moment die letzte Gabel in den Mund, kaute lange, schluckte und erwiderte atemlos: „Boah." Er streckte sich ausgiebig. „Warum?", fragte er träge, während er mit einem Zahnstocher in seinen Zähnen herumprokelte.

„Weil wir die Sachen aus den Taschen des Toten untersuchen müssen."

„Wir?"

„Ja. Ich ernenne dich zu meinem Assistenten. Hast ja eh schon sehr gut geholfen. Dann können wir das jetzt auch offiziell durchziehen."

„Zeit hätte ich. Die Schafe kommen jetzt alleine zurecht. Und mit meiner künstlerischen Tätigkeit kann ich nicht weitermachen. Es sei denn, ich steige komplett auf Farbe aus Schafskot um."

Onne begann zu grübeln. „Keine schlechte Idee ... ein bisschen Öl mit Kot ... die Farbnuancen könnte ich über das Futter steuern ..."

„ONNE! Ich esse noch!"

„Bist eh zu dick, Kolle!"

Aber dann riss sich Kolles neuer Freund zusammen. „Klar. Was soll Watson für dich machen, Mister Holmes?"

„Hole doch mal ...", als er sah, dass Onne eine Augenbraue hochzog, verbesserte er sich und fuhr fort: „... bitte die Tüten mit den Sachen des Toten."

„Sehr gerne, Kolle."
„Danke."

In einem der nicht belegten Zimmer verteilte er die Gegenstände auf einem Tisch. Onne hatte die Digitalkamera auf einem Stativ montiert.

„Na, mal sehen ...", murmelte Kolle, dann deutlicher: „Ein Smartphone. Ein Kugelschreiber. Ein Notizblock."

Er blätterte mit seinen Einweghandschuhen aus der Küche des Hotels darin. „Leer", stellte er fest.

„Dann ... oh ... ein verschweißtes Kondom!"

„Mit Bananengeschmack!", konstatierte Onne.

Resigniert hob Kolle die Hände und flüsterte: „Ein bisschen mehr Professionalität, Onne. Ein bisschen mehr."

„Jetzt schalte ich das Smartphone ein." Kolle drückte herum und das Display erwachte zum Leben.

„Gutes Gerät." Onne war begeistert. Nach all den Umständen noch funktionstüchtig. Kolle brachte ihn mit einem mörderischen Blick zum Schweigen.

„Letzte gewählte Nummern ...", murmelte Kollerup. „Aha! Drei Nummern." Er diktierte der Kamera die Verbindungen. Zur Sicherheit notierte er sich die auch. Später würde er das überprüfen.

„Dann hat der Tote einen Schlüsselbund in der Tasche. Mehrere kleine Schlüssel, zwei größere. Und einen antik aussehenden mit kurzem Bart, wie man sie vor der Erfindung der Sicherheitsschlösser... "

„Das ist ja einer der Schlüssel der alten Kirche!", unterbrach Onne die Aufzählung.

„Wie ... Schlüssel für die Kirche?" Kolle war ratlos.

„Da ist der Schlüssel, den ich seit einiger Zeit vermisse."

„Ja. Und?"

„Das war zu dem Zeitpunkt, als ich im Watt die beiden Bierflaschen gefunden hatte. Irgendwie und irgendwo muss der mir aus der Hose gerutscht sein. Den hatte ich schon abgeschrieben."

„Aber du hattest doch einen Zweitschlüssel?"

„Ja, klar."

„Die anderen Schlüssel sind dir unbekannt?"

„Lass mal sehen. Der hier ...", Onne hielt einen die Höhe, „könnte der vom Angestelltenhaus sein, in dem Wolters im Notfall wohnen durfte, falls er mit dem Boot nicht mehr fahren konnte."

„Wieso das?"

„Kam schon mal vor. Bei Sturm oder wenn das Wasser nicht wieder richtig abläuft. Verstehst du? Zu hoch, um zu Fuß nach Föhr zu gehen, und zu niedrig, um mit dem Boot fahren zu können."

„Alles klar. Und die anderen Schlüssel?"

„Kenne ich nicht." Onne schüttelte bedauernd den Kopf. Da der Notizblock ebenso nichts ergab, beendete Kolle die Sichtung. Zeit für eine Denkpause, entschied er.

„Ich geh mir die Beine vertreten. Würdest du mit den Schlüsseln zum Budnik gehen und ihn fragen, ob er davon einen zuordnen kann?"

„Sicher." Onne schnappte die Schlüssel und verschwand.

Draußen waren die Angestellten des Hotels dabei, die Unordnung zu beseitigen. Als erstes wurden die Wege geräumt, wobei man die Elektromobile benutzte, die mit einem Anhänger versehen wertvolle Dienste leisteten. Am Anleger, der von Jan-Ole und Maik provisorisch repariert wurde, schichteten sie große Abfallhaufen auf. Nach Wertstoffen getrennt. Plastik, kompostierbarer Abfall und einen dritten Haufen für Zeugs, das in keine Kategorie passte. Überall herrschte reger Betrieb auf der Hallig. Die Schafe, die auf ihrer Wiese grasten, ließ das scheinbar kalt. Einige hingen am Zaun herum und sahen den seltsamen Menschen bei ihrem seltsamen Tun zu.

Kolle setzte sich an der Wasserkante auf einen Holzstuhl, der dort stand. Fand er ungemein praktisch und bedankte sich beim Sturmgott, falls es einen gab. Das Wattenmeer lag in Dunst gehüllt vor ihm. Eine leichte Brise zog vom Festland herüber und eine fahle Sonne kämpfte sich durch den Nebel. Die Temperatur war im Vergleich zu der in der letzten Woche deutlich gesunken. Noch immer waren die Seevögel nicht zurück. Von den Spatzen, die sich üblicherweise mit den Möwen um die Leckerbissen im Schafskot stritten, war auch nichts zu sehen und zu hören. Nur die Schwalben flitzten wieder halsbrecherisch knapp über die Wiesen.

Er zog das Telefon des Toten hervor, das noch in der Tüte steckte. In der Liste der Anrufe wählte er die erste gespeicherte Nummer. Es knackte im Lautsprecher. Dann hörte er das Signalzeichen. Gleichzeitig war in der ruhigen Luft aus Richtung des Hotels das bekannte Rufsignal des Magenta-Anbieters zu hören. Kolle stand auf und lauschte. Da hinten. Jetzt bin ich gespannt, dachte der Kommissar. Jemand nahm den Anruf an.

„Hallo?“, klang es aus dem Lautsprecher. Eine weibliche Stimme. In einer Gruppe am Anleger stand eine Frau mit einem Smartphone am Ohr. Eine Dunkelhaarige in einem Overall. Er würde sie nicht von der Bettkante stoßen, dachte Kolle grinsend. Ausladende Hüften und eine beachtliche Oberweite. Aus der Ferne sah sie ganz hübsch aus mit ihren asiatisch anmutenden Augen und dem spitzbübischen Lächeln im Gesicht. Allerdings drückte dieses jetzt Ungeduld und Ablehnung aus. Eine kleinere Blonde sprach sie an. Er konnte am Telefon nur undeutlich hören, was sie sagte. Die Große grunzte: „Ey, du Spinner! Macht das Spaß?“

Kolle erkannte, wie sie feixte und der anderen das Telefon hinhielt, damit sie mithören konnte. Kollerup genoss die Situation.

„Moin. Hier ist Hauptkommissar Kollerup, zurzeit auf der Hallig Grienoog. Wenn Sie nach links schauen, können Sie mich sehen.“

Beiden Frauen fiel die Kinnlade herunter, als sie ihn erblickten. Erkennbar überrumpelt, hoben sie einen Arm und erwiderten den Gruß.

„Ich komme dann mal rüber!", rief Kolle jetzt hinüber und trennte die Verbindung.

Es waren zwei Frauen, wie sie nicht unterschiedlicher hätten sein können. Die eine groß, kräftig und schwarzhaarig, die andere zierlich, blond und kleiner. Beide waren bildhübsch und Kolle tippte auf Models. Beide steckten in Overalls mit dem Logo des Hotels auf der Brusttasche. Kolle musste sich zwingen, nicht auf den geöffneten Reißverschluss der Dunkelhaarigen zu starren, als er sich unbeholfen vorstellte.

„Moin. Kolle ... äh, Kollerup, Hauptkommissar Kollerup, mein Name."

Beide lächelten ihn an und sein Herz rutschte ihm in die Kniekehlen. Sie gaben sich die Hände und die Große hielt seine Hand einen Bruchteil zu lange, als dass es Zufall sein könnte. Die Blonde war schüchterner und berührte leicht seine Finger.

„Moin. Koch. Franziska. Das ist ...", die Dunkle deutete auf ihre Mitreisende, „Ilona Schneider. Meine Frau."

Hoppla. Kolles Herz polterte auf dem Asphalt der Straße in Richtung Meer.

Ilona lachte auf und rief: „Und sie ist auch meine Frau!"

„Ach!", presste Kolle zwischen den Zähnen hervor. *Wollen die mich jetzt auf den Arm nehmen?* Kommt schon vor, dass Frauen präventiv eine lesbische Beziehung vortäuschen, um sich gegen unerwünschte Annäherungsversuche zu schützen. Meinte er irgendwo gelesen zu haben.

„Was können wir für Sie tun, Herr Kollerup?" Franziska ergriff die Initiative. *Schön,* dachte Kolle. *Dann wissen wir, wer den dominanten Part innehat in der Beziehung.*

„Äh, ... wie kommt es, dass der Tote Ihre Nummer gespeichert hatte? Hatten Sie schon Kontakt zu ihm, bevor Sie ankamen?"

Die Gesichtsbräune der Schneider nahm um eine Nuance ab. Franziska Koch zog eine Packung mit Zigarillos hervor und zündete sich nervös eine an.

„Sind wir jetzt Verdächtige?" Am Ende ihrer Frage stieß sie den Qualm durch ihren zu einem „O" geformten Erdbeermund hinaus. Feine Os kräuselten sich in der windstillen Luft. Meine Güte! Kollerup fragte sich zum tausendsten Mal, warum im realen Leben die Leute Dialoge aus TV-Krimis kopierten. Darauf konnte man nur mit einer Standardantwort kontern: „Momentan ist jeder verdächtig." Natürlich wollte jeder Befragte auf diese Weise Zeit gewinnen. Das war ihm klar. Allerdings nutzte er es jetzt schamlos aus, indem er das tat, was man von einem realen Polizisten nicht erwartete: Er ging darauf ein.

„Beim jetzigen Stand der Ermittlungen muss ich davon ausgehen, dass jeder verdächtig ist. Reine Routine. Wenn Sie unschuldig sind, haben Sie nichts zu befürchten."

Frau Schneider kicherte. Ihre Partnerin kniff ein Auge zusammen, als ob sie ihre Chancen berechnen würde, wie sie den Kampf der Stereotypen durchstehen könne.

„Ich hab' ihn angerufen, ja. Muss letzte Woche gewesen sein."

„Privat oder geschäftlich?"

„Privat."

„Was wollten Sie von ihm?"

„Das war privat. Das geht Sie nichts an."

„Wir haben einen Toten. Da geht mich alles an."

„Habe ich vergessen."

„Aber, dass es privat war, wissen Sie noch."

„Von meinem Handy aus führe ich nur private Gespräche."

„Und wenn Sie geschäftlich angerufen werden?"

„Lieber Herr Kommissar, dann ist das in jedem Fall geschäftlich."

„Was hatten Sie Geschäftliches mit dem Toten zu besprechen?"

„Wer sagt, dass er mich angerufen hat?"

„Seine Liste der gewählten Nummern."

„Wer sagt denn, dass ich mit ihm gespro … ach so … die Liste der Anrufdauer."

„Sie lernen schnell, Gnädigste."

Ihre Partnerin kam ihr jetzt zu Hilfe. „Der Wolters war nicht abzuschütteln! Ständig ruft der … hat er angerufen! Dabei wollte Franziska nur …"

Sie wurde von Franziska Koch unterbrochen. „Sei bitte still, Ilona!"

Kollerup dachte sich seinen Teil und verbuchte das Gespräch als noch nicht beendet, sagte aber: „Ich möchte Sie beide bitten, sich in einer halben Stunde im Hotel zur Verfügung zu halten." Dann ging er grußlos den Weg zum *Deichvogt* zurück. Nach einigen Schritten hörte er heftigen Streit zwischen den beiden. Ilona wurde scheinbar gerade von ihrer Frau zur Schnecke gemacht.

Fährschiff

Drei Tage vor dem Unwetter

11:30 Uhr

Franziska saß in der Sonne und ließ sich auf dem Sonnendeck des Zubringerschiffes zur Hallig die Haut verbrutzeln. Sie trug nur ein Bikinioberteil und ein sehr enges und sehr kurzes Jeanshöschen. Ihre ohnehin schon tiefbraune Haut, die ihren üppigen Körper bedeckte, korrespondierte entzückend, wie sie fand, mit den blonden Haaren ihrer Partnerin Ilona. Die lag mit ihrem Kopf im Schoß ihrer Frau und ließ Kaugummiblasen platzen. Sie war nicht der Typ, der braun wurde und sich eher einen Sonnenbrand zuzog. Darum war ihr zierlicher Körper komplett mit einem einteiligen Sommeroverall bekleidet, der mehr zeigte als verbarg.

Franziska sah jetzt in Fahrtrichtung am Horizont die Hallig auftauchen. Sachte fuhren ihre Hände durch das blonde Haar ihrer Partnerin und sie murmelte träge: „Ilona-Schätzchen? Wir sind gleich da. Könntest du dich schon mal um das Gepäck kümmern?"

Während sie sich die Haare zu einem Zopf zusammenband, was ihr die Aufmerksamkeit der Männer auf dem Schiff einbrachte, schlenderte Ilona die Treppe zum Unterdeck hinunter, was genauso viele Männerblicke auf sich zog. Franziska streifte ein knappes Sweatshirt über und zündete eine Zigarette an. So wie es momentan aussah, konnte nur ein toter Wolters ihr das geben, worauf sie seit Jahren hinarbeitete. Zum Glück hatte sie Ilona für sich gewinnen können, die sie direkt von der Quelle aus mit Informationen versorgen konnte. Die Mitarbeiter der Touristenzentrale in Husum waren zu jeder Zeit auf dem letzten Stand in der Wattführerbranche.

Hart war das Leben eines Wattführers. Wenn man allerdings die entsprechenden einträglichen Routen hatte, war es ein erfreulicher Nebenverdienst. Darüber hinaus war sie es gewohnt, das zu bekommen, was sie wollte. Und es war ein cooler Nebenjob, wie sie fand. Sie liebte die Natur im Wattenmeer, liebte es, anderen Touristen zu zeigen, wie schön ihre Heimat war. Aber nur mit quengelnden Kindern am Husumer Dockkoog hundert Meter raus, Loch buddeln und mit einem Eimer Prielwürmer zurückzukommen, war nicht ihr Lebensziel. Dafür hatte sie ganz sicher nicht den langen Weg bis zur anerkannten Wattführerin auf sich genommen. Ein Geschenk des Himmels war die Eroberung der entzückenden Ilona. Als Leiterin der Tourismuszentrale war sie wie ein Sechser im Lotto. Sie musste nicht lange werben, schon nach zwei Wochen lagen sie zusammen im Bett. Sie hatte erst Stück für Stück ihrer Partnerin den Plan offenbart. Später, als Franziska sicher war, dass Ilona ihr hörig war, rückte sie mit ihren Zukunftsplänen heraus. Das war im Herbst letzten Jahres. Jetzt wohnten sie zusammen und lebten wie ein Ehepaar.

Da sie von Ilona wusste, dass Kai Wolters von Grienoog aus eine Tour für die Hotelgäste organisierte, war der Entschluss rasch gefasst. Auf der Hallig oder nirgendwo.

Keuchend kam Ilona schwer bepackt die Treppe herauf und stellte krachend beide Rucksäcke vor Franziska.

„Boah. Was hast du alles mit?“ Sie hatte ihren Trekkingrucksack auf den Rücken geschnallt und den ihrer Partnerin vor dem Bauch tragend hergeschleppt.

„Och, nur das Wichtigste“, entgegnete Franziska. „Ein Paar Hanteln mit Gewichten zum Wechseln. Dann meine

Fotoausrüstung und einige Nahrungsergänzungsmittel. Und Wäsche, Schuhe und so …", fügte sie lächelnd hinzu. „Ich will ja Urlaub machen." Sie klopfte auf ihre Umhängetasche. „Und unseren Plan auf dem Tablet." Mühelos hob sie ihren Rucksack an und zwängte ihre Arme durch die Tragriemen.

Dann stellten sie sich an den Ausgang des Fährschiffes und sahen zu, wie ihr Ziel näher kam: Die Warft, auf dem der wuchtige Haubarg thronte.

Vorsorglich bestellte Franziska das Elektrofahrzeug des Hotels noch vor dem Anlegemanöver, damit sie zügig in ihren Zimmern sein würden. Sie wollte vor dem Abendessen in der Nordsee baden.

Die Annäherungsversuche des Fahrers bei der Begrüßung prallten wie an einer Stahlwand von ihnen ab. Sekunden später wusste der Bursche, dass er bei den beiden nicht landen konnte. Ilona und Franziska spielten die entzückten und aufgeregten Urlauberinnen, die sich juchzend über das geile Panorama unterhielten und kichernd sich gegenseitig auf die blöden Schafe hinwiesen.

Sie sprangen wie Schulmädchen aus dem Auto und liefen die Treppe zum Empfang hinauf, während ein mürrischer Knut sich fluchend mit den irre schweren Rucksäcken abplagte.

Ihre Zimmer lagen nebeneinander. Die Fenster in ihren Zimmern boten eine atemberaubende Aussicht! Das schier unendliche Wattenmeer lag vor ihnen. Über allem wölbte sich ein tiefblauer wolkenloser Himmel.

Irgendwann werde ich da draußen Menschen herumführen und ein aufregendes Leben führen, schwor sich Franziska. *Das Geld wird nur so fließen. Wenn … ja, wenn alle Hürden beseitigt sind, dann …,* sie seufzte und gab Ilona einen Klaps, die jetzt selig in ihren Armen auf das scheinbare Paradies blickte. „Wolltest du nicht schwimmen gehen?"

„Au ja." Schon huschte sie durch die Verbindungstür in ihr Zimmer und riss sich förmlich ihre Kleidung vom Körper. Franziska sah ihr schmunzelnd zu.

Während Ilona den Tagesgästen den Kopf verdrehte, begann Franziska, ihren gemeinsamen Plan zu überarbeiten. Da sie schon in Erfahrung gebracht hatte, dass Wolters auf blutjunge blonde Frauen scharf war, sollte ihre Partnerin den Wattführer bei einer Wattwanderung spitz machen. Sie ging davon aus, dass er anbiss. Dann konnte in der alten Kirche der erste Teil des Planes durchgeführt werden. Dort würde sie dann völlig „überraschend" auftauchen und zum Schein Sex zu dritt fordern. Anderenfalls, so ihr Druckmittel, würde sie es an die große Glocke hängen und es der Presse als sexuellen Übergriff verkaufen.

Im passenden Moment würde sie ihn mit einer Betäubungsspritze derart gefügig machen, dass sie den wehrlosen Körper bei ablaufendem Wasser im Watt entsorgen könnten. Sie kannte sich in dem Gebiet aus und wusste, wo die Priele mit starker Strömung zu finden waren. Den Rest würde der Ebbstrom erledigen. Problem gelöst.

Nach einem hervorragenden Essen und einer ausgiebigen Kuschelrunde mit Ilona wollte sie sich die Kirche genauer ansehen. Die Informationen im Internet waren dürftig und es wurde nur erwähnt, dass das Gebäude heute als Schafstall genutzt wurde. Das wollte sie genauer wissen. Draußen war es tropisch warm und absolut windstill. Gott sei Dank gab es hier kaum Mücken, wie Ilona ihr gegenüber erleichtert bemerkte.

So schlenderten sie gemächlich über die geteerten Wege der Hallig. Vorbei am Minigolfplatz, eher ein Maxigolfplatz mit achtzehn großzügig verteilten Bahnen. Ein Mitarbeiter des Hotels vertrieb sich die Zeit, indem er einige Bälle einzulochen versuchte. Sie standen am Zaun und sahen zu, wie er ins Schwitzen geriet. Bei jedem gelungenen Schlag applaudierten sie brav und quittierten jeden Fehler mit einem gedehnten Ruf des Bedauerns.

Als er seine Bemühungen abbrach, ein Ehepaar mit einem Kind wollte ihrem gelangweilten Sohnemann zeigen, wie faszinierend das Spiel sein konnte, gingen sie weiter.

Auf einer Warft stand ein an eine Burg aus grauem Stein erinnerndes Gebäude. Dass es einst eine Kirche war, erkannte man am großzügig proportionierten Eingang und an den teilweise vorhandenen Bleiglasfenstern, die biblische Motive zeigten. Im Gegensatz dazu war am Eingang ein unschöner Anbau aus Eternitplatten geklatscht, der wohl den Schafen als provisorischer Regenschutz dienen sollte. Das Tor der Kirche muss vor vielen Jahren schon zusammengefallen sein. Vom Weg aus konnten sie ungehindert ins verwaiste Innere blicken. Staubige Lichtbahnen fielen auf leere Boxen und achtlos hingeworfene Stroh- und Heuballen. Neben der Kapelle grasten die Schafe auf einer Wiese. Ein Häuschen auf einer Warft schien vom Schäfer bewohnt zu sein. Ein ziemlich mickriger Mann in Unterhemd und kurzer Hose stand neben der Holzhütte vor einer Staffelei und war offensichtlich in seine Arbeit vertieft. Er bemerkte nicht, dass sich zwei erstklassig gebaute Frauen für die architektonischen Raffinessen der ehemaligen Kirche interessierten. Gleichermaßen schien es ihm zu entgehen, dass einer der Damen mit einem Smartphone fleißig Fotos schoss. Der Durchgang zur Kirche war einer der hier üblichen Schafs-Tore, die sich selbstständig wieder schlossen, sobald man sie losließ. An der schiefen Tür hing ein Schild, das vor herumliegendem Schafskot warnte. Der Zugang war nicht explizit verboten, ungeachtet dessen wagte sich wohl kaum jemand auf ein derart vermintes Gebiet.

Als sie sie öffneten, quietschte es erbärmlich und der Mann drehte sich um. Fröhlich winkend grüßten sie ihn und der Kleine grüßte mit seinem Malerpinsel zurück.

„Nur herein in die gute Stube! Aber bitte vorher die Füße reinigen." Er lachte über seinen Witz und wandte sich wieder seiner Malerei zu. *Was für ein seltsamer Mensch,* dachte Franziska verwirrt. Er schien immun gegen die geballte Ladung Sexappeal zu sein, die seinen Stall beehrte.

Auf Zehenspitzen, den tierischen Tretminen ausweichend, tippelten sie kichernd ins Innere. Wie meistens wirkten solche Gebäude innen größer als von außen. Abgesehen vom durchdringenden penetranten Schafgeruch war es erstaunlich ordentlich. Franziska konnte sich vorstellen, dass es in der Nacht auf den Heuballen verhältnismäßig bequem war. Im Gebälk nisteten Schwalben, die ständig herumflitzten und ihre Brut versorgten. Franziska und Ilona schlenderten im angenehm kühlen Stall herum und fotografierten die verblassenden Zeugnisse des ehemaligen Gotteshauses. Hier eine verwitterte Figur, dort ein fast unkenntlich verschimmeltes Wandbild. Auf die eine oder andere Weise hatte es etwas Betrübliches, ein ehemals von sonntäglichen Besuchern genutztes Haus als Schafstall degeneriert zu sehen. Zum anderen, meinte Ilona unschuldig, war es doch schön, dass dieselben Tiere, die bei der Geburt des Heilands zugegen gewesen waren, ein Zuhause fanden. *Meine Güte,* dachte Franziska, *sie sagt wirklich Heiland!* Manchmal ging ihr die Naivität ihrer Partnerin auf die Nerven. Sie forderte Ilona augenzwinkernd auf, sich doch mal probeweise auf das Heu zu legen.

In dem Augenblick, als ihre Frau sich lasziv auf dem Ballen räkelte, dröhnte eine Stimme vom Eingang. Da die Sonne schräg stand, konnten die erschrockenen Frauen nur einen dunklen Schemen erkennen.

„Ich hoffe, dass sie nicht alles durcheinanderbringen? Meine Schafe mögen ihre eigene Ordnung!"

Hotel

Erster Tag nach dem Unwetter

16:00 Uhr

Schön, dass Sie meiner Bitte Folge geleistet haben", begann Kollerup das Gespräch. Ein extrem unterschiedliches Paar, dachte er, als er beide jetzt ohne die unförmigen Overalls bewunderte. Franziska Koch war offensichtlich der dominante Part, während Ilona Schneider das blonde, naiv gestrickte Weibchen darstellte. Während die Koch groß, dunkel und athletisch wirkte, war Ilona ehr zart und mädchenhaft. Beide sahen umwerfend gut aus und hatten eine extrem sexuelle Ausstrahlung. Wüsste Kollerup nicht, dass er sich die Zähne ausbeißen würde, wäre er der Erste, der jeden Verehrer erschossen hätte, nur um mit einer der beiden ins Bett zu hüpfen.

„Sie kannten den Toten?"

Sein Blick wanderte zwischen den beiden hin und her.

Ilona reagierte zuerst. „Nur weil wir mit dem Wattführer telefoniert haben, sind wir jetzt verdächtig, oder was?"

„Ach, Ilo", Franziska Koch legte ihrer Partnerin milde lächelnd eine Hand auf eines ihrer entzückenden Knie und sagte von oben herab: „Mein lieber Herr Kommissar, wir hatten eine Frage an Herrn Wolters."

Kollerup nickte wissend und sagte: „Muss eine knifflige Frage gewesen sein. Schließlich dauerte das Gespräch fünf Minuten."

„Es ging um Detailfragen, die man nicht mal eben so beantworten konnte."

„Geht es etwas genauer?"

„Ich wollte wissen, ob wir aus dem Watt etwas mitnehmen dürfen. So was wie Scherben von versunkenen Siedlungen oder so."

„Und die kann man nicht so mal eben in die Tasche stecken. Da muss man vorbereitet sein!" Ilona nickte zu ihrer Bemerkung heftig.

„Ach so. Wie dumm von mir", murmelte Kollerup.

„Ja ... na ja ...", Franziska wiegte nachdenklich den Kopf. „Ich gab das Gespräch an meine Frau weiter, weil er etwas Persönliches von ihr wissen wollte."

„Was wollte er denn wissen?" Kolle sah Ilona an.

„Ach, ... der wollte sich mit mir verabreden! Ich hab' ihn aber abblitzen lassen." Hierbei sah sie Franziska augenzwinkernd an.

Kollerup nickte und dachte nach. „Was machen Sie beide beruflich?"

Franziska antwortete: „Ich arbeite bei Krohn als Verkäuferin."

Kollerup nickte Ilona auffordernd zu.

„Ich? Äh, ... ja ... im Tourismusbüro Husum."

„Habe ich schon gefragt, wo Sie beide zum vermuteten Todeszeitpunkt von Wolters waren?"

„Ist das jetzt ein Verhör oder nur eine Befragung?" Franziska war jetzt sichtlich nervös.

„Nur eine Befragung. Alles reine Routine." Kolle lächelte beruhigend, hob entschuldigend seine Arme, setzte mit unschuldiger Miene hinzu: „Das ist nur für meinen Bericht. Der Staatsanwalt ist da sehr genau. Da muss alles stimmen." Kollerup freute sich, diesen Spruch sagen zu dürfen.

„Den Satz kenne ich", rief Ilona aufgeregt. „Der Inspektor in dieser Serie ... Colo ... umbus oder so ... sagt das auch immer."

„Ilona", ihre Partnerin sah sie mitleidig an. „Das ist hier aber keine TV-Serie."

Dabei schüttelte sie ihren Kopf und seufzte. „War's das? Herr …“, sie zog eine Augenbraue spöttisch hoch und fuhr mit einem eindeutig ironischen Ton fort, „… Inspektor? Oder hätten Sie da noch eine letzte Frage?“

„Nein. Das war fürs Erste.“

Als die beiden das Zimmer verlassen wollten, rief er ihnen hinterher: „Wo waren Sie, als Wolters vor dem Verandafenster zusammengebrochen ist?“

Das Paar drehte sich um. Beiden kroch das schlechte Gewissen für eine Sekunde aus allen Poren. Dann hatten sie sich wieder unter Kontrolle.

„Im Speisesaal. Wir hatten gerade über das Tablet bestellt. Komm, Ilona“, Franziska zog ihre Partnerin hinaus.

„Moment noch!“

Kolle wollte ihnen einschärfen, sich zur Verfügung zu halten und nicht die Stadt zu verlassen, merkte aber rechtzeitig, wie blöde das klingen würde.

„Lassen Sie die Tür geöffnet.“ Etwas Besseres fiel ihm nicht ein.

Er sah auf seine Uhr. Kaffeepause.

*

Im Restaurant saß Onne und verschlang ein dickes Stück Torte. „Auch 'n Spüpp?“, nuschelte er mit vollem Mund.

„Nee, danke. Nur Kaffee.“

Onne wies mit dem Daumen in eine unbestimmte Richtung und sah Kolle fragend an.

„Da ist etwas …“ Nachdenklich schlenderte Kollerup zur Bartheke und orderte einen Kaffee. „Schwarz ohne Zucker, und“, fügte er mit erhobenem Zeigefinger hinzu, „auf keinen Fall aus dem Automaten.“

„Das dauert aber“, maulte der Koch und hantierte protestierend mit den Geräten.

„Ich bin nicht in Eile“, murmelte Kollerup.

„Da ist etwas, das ich nicht verstehe“, vervollständigte der Kommissar seinen Satz, als er sich zu Onne setzte.

„Ich verstehe so einiges nicht“, seufzte dieser.

Kolle fasst zusammen, was sie bisher hatten. Eigentlich nicht viel. Aber, beruhigte er sich, sie standen ganz am Anfang ihrer Ermittlungen, und wer wusste schon, was am Ende herauskam?

Maybach samt Familie fehlte noch auf der Liste seiner Befragungen, und auch beim Rentnerehepaar musste er noch mal nachhaken. Wolters hatte sich scheinbar nicht beliebt gemacht bei den Leuten, die mit ihm engeren Kontakt hatte. Die flotte pensionierte Sekretärin hielt irgendetwas zurück, und das Frauenpaar schien einiges zu verschweigen.

„Mal sehen, was bei den Maybachs herauskommt“, schloss er seine Gedanken ab.

Onne zog jetzt den Schlüsselbund des Toten hervor.

„Der Budnik und seine Frau konnten zwei zuordnen. Der eine ist, wie ich schon vermutet hatte, vom Angestelltenhaus. Der andere große Schlüssel ist tatsächlich der von der Kirchentür. Der hier …“, er hielt einen in die Höhe, der wie ein Schlüssel für ein Fahrradschloss aussah, flach mit abgewinkeltem langen Bart, „… ist für sein Fahrrad. Ein uraltes Hollandrad. Steht hinter dem Hotel in einem Schuppen.“

Jetzt hielt Onne triumphierend den letzten in die Höhe.

„Der hier ist interessant. Zu klein für einen Türschlüssel, zu groß für eine Geldkassette oder so.“

„Verstehe.“ Kolle wusste sofort Bescheid. „Das bedeutet, dass Wolters keinen Schlüssel von seinem Haus auf Föhr dabeihatte.“

Onne maulte: „Du zerstörst meine Pointe.“

„Entschuldigung. Aber noch etwas ist seltsam.“

„Sagen Sie schon, Mister Holmes!“ Kolles Freund sah ihn mit großen Augen an. Kolle zählte mit seinen Fingern auf: „Schlüsselbund, Smartphone und ein leeres Notizbuch.“

„Ja, und?“ Onne schien ratlos.

„Soll ich dir mal zeigen, was ich in den Taschen habe?“ Und schon begann der Kommissar, den Inhalt auf den Tisch zu legen. Onne war sprachlos.

„MacGyver wäre stolz auf dich.“

„Man weiß ja nie, was kommt.“ Für Kolle war es völlig normal, neben dem Schweizer Armeemesser, Feuerzeug und Zigaretten auch seinen Ausweis dabeizuhaben. Dann natürlich Taschentücher, eine Tüte Lakritz, ein Schokoladenbonbon, einen vergilbten Kassenbeleg (ein Jahr alt) und einen Zettel mit Passwörtern und Karten-PINs. „Der Rest liegt im Zimmertresor“, schloss er seine Revision ab. Er sah Onne wissend an.

„Also muss er hier im Angestelltenhaus vor seinem Tod etwas deponiert haben.“

„Klingt logisch.“

Sie entschieden, dass Onne im Zimmer vom Wolters nachsehen sollte, was der Safe so offenbaren würde. Und Kolle würde die Familie Maybach befragen und die Sievertsens noch mal aufsuchen. Sie verabredeten, am Abend eine Bestandsaufnahme zu machen. Onne hätte dann noch Zeit, sich um seine privaten Dinge zu kümmern. Bevor sie auseinandergingen, fiel dem Kommissar ein: „Was ist denn nun mit deinen seltsamen Bierflaschen?“

„Im Angestelltenhaus drüben. Im Safe.“

„Ja, super. Aber woher sind die Flaschen?“

„Die habe ich vor … na …“, Onne wackelte mit dem Kopf, „zwanzig Jahre muss das jetzt her sein, in der alten Kirche gefunden. Da stand nämlich der steinerne Altar noch. Der war mir im Weg. Darunter gab es einen Hohlraum, in dem ich die beiden Flaschen gefunden habe.“

„Eiserne Reserve des Pastors?“

„Keine Ahnung. Der letzte Pastor verließ 1960 Grienoog. In den Neunzigern wurde sie als Schafstall genutzt.“

„Wie alt schätzt du die Flaschen. Und …“, Kolle hob einen Finger, „kann man das noch trinken?“

„Auf keinen Fall! Die sind mindestens 100 Jahre alt. Hatte ich seinerzeit im Eigenversuch recherchiert. Ungenießbar."

„100 Jahre!" Kolle staunte.

„Ja, vielleicht. Möglich wäre es auch, dass es eine kleine Brauerei gab, die bei einer Sturmflut untergegangen ist. Oder der gute Theo Storm hat sie dort bei ‚seiner Halligfahrt' verloren", fügte der malende Schäfer grinsend hinzu.

„Lass uns heute Abend das Thema vertiefen." Kollerup stand auf und Onne folgte ihm.

Auf der Hallig war erstaunlicherweise sichtbar Ordnung geschaffen worden. Von der Warft aus hatten sie einen Überblick über die hin- und herflitzenden Elektroautos, die zwischen Anleger und den Arbeitsschwerpunkten der Helfer mit vollen oder leeren Anhängern fuhren. Offensichtlich waren jetzt, neben den Angestellten, auch die Gäste eingebunden. Der Sohn der Maybachs schleppte ziellos mit heraushängender Zunge einen Stein, den jeder Erwachsene bewundern musste. Der Hotelchef lief mit einer Kladde herum und gab Anweisungen.

Onne ging zum Haus der Angestellten, während Kolle mit in den Hosentaschen vergrabenen Händen auf Budnik zusteuerte. Auf seine in den vergangenen Jahren erworbene Fähigkeit, einen arbeitsunfähigen Polizisten zu spielen, verzichtete Kollerup. Er war im Dienst!

„Moin, Herr Budnik! Sieht ja schon richtig gut aus!"

„Ach, Herr Kommissar, Moin! Ja ich gebe mir Mühe, alles zu organisieren." Dabei wischte er sich einen nicht vorhandenen Schweißfilm von der Stirn. „Gut, dass Sie gerade kommen." Er griff hinter sich in den Wagen und übergab Kolle mehrere, in Klarsichthüllen verpackte, dicke Stöße Papier. „Die sind eben gekommen, als Sie die Gäste befragt haben."

Kolle war platt. Da hatten sich seine Kollegen, allen voran sein Assistent Larsson, ziemlich ins Zeug gelegt. Unschlüssig stand er jetzt mit dem Packen da. Dann entschied er, dass das noch Zeit hätte, und fragte den Chef, wo er die Maybachs finden würde. Budnik griff wieder ins Fahrzeug und konsultierte eine Liste. Kollerup versuchte, auf das Blatt zu schielen. Alles, was er erkannte, waren unverständliche Krakel, Kreuze und Haken.

„Da hinten! Beim Minigolfplatz.“ Der Hotelboss wies mit seinem teuren Edelkugelschreiber die Richtung, in die der Kommissar gehen sollte. Das Angebot, den Herr Kommissar dorthin zu fahren, lehnte der Herr Kommissar dankend ab.

Die Maybachs waren damit beschäftigt, mit Nele den Platz wieder bespielbar zu machen. Malte kam jetzt mit seinem Stein, den er inzwischen jedem der Anwesenden zu Begutachtung vorgelegt hatte und gab ihn seiner Mutter, die ihn unkommentiert über den Zaun warf. Als ihr Sohn protestieren wollte, schritt Kollerup durch die Zaunöffnung und alle Blicke waren auf ihn gerichtet.

„Moin, Nele! Ich muss dir deine Helfer entführen. Dauert nicht lange.“

Der Overall des *Deichvogtes* stand ihr entzückend. An der Hüfte hatte sie den Gummizug eng geschnürt, was ihre weibliche Figur betonte. „Hier ist es ja nicht so schlimm wie außerhalb des Zaunes“, winkte sie ab, womit sie recht hatte, denn am Zaun klebte allerlei Plastikzeugs, Seetang, Algen und Äste von den Lahnungen.

Am Platz gab es ein Gerätehaus mit Büro, das erstaunlicherweise nicht beschädigt war. Lediglich ein Fenster war von einem Ast zerstört worden.

Kollerup deutete auf das Gebäude. „Ich denke, wir können uns dort ins Häuschen setzen.“

Minigolfplatz

Erster Tag nach dem Unwetter

17:00 Uhr

Das Gerätehaus war für seine Zwecke ausreichend. Zwei Tische, an denen Stühle standen. An den Wänden Fotodrucke, die das Wattenmeer von einem Flugzeug aus zeigten. In einer Ecke Kisten mit Getränken. In einem Regal, ordentlich aufgereiht, mehrere Trinkgläser. Neben der Tür ein Schreibtisch. Fenster mit Blick auf den Golfplatz.

Die Maybachs kamen mit ihrem Sohn und nahmen Platz.

„Ich denke, dass wir Ihren Sohn jetzt noch nicht brauchen“, sagte Kollerup und die Mutter schickte ihn hinaus zu Nele.

Das Tablet, das er bisher für seine Ermittlungen nutzte, hatte er vorausschauend in eine Umhängetasche gesteckt. Nachdem beide Maybachs nichts dagegen hatten, begann er mit der Tonaufnahme.

„Wir hielten uns im Speisesaal auf, als dieser Wolters am Fenster zusammenbrach.“

Frank Maybach, ein schlanker Yuppie-Typ, sprach mit einem leicht schwäbischen Einschlag. Er versuchte zwar deutlich und akzentuiert zu reden, seine Heimat konnte er jedoch nicht verleugnen. Marianne Maybach, Typ sportliche Hausfrau, mütterlich, mit einem gediegenen Outfit. Sie trug mit Sicherheit im Herbst gesteppte, glänzende Westen in Pink oder Gold. Ihr Mann eher einen Wachsmantel, mit einem entsprechenden breitkrempigen Hut aus demselben Material.

Diese langweiligen Menschen hatten meist kaum mit Mord zu tun, wusste Kolle. Trotzdem fragte er sie, was sie beide mit Wolters verband. Solche Leute sind meist korrekt, wie der Kommissar wusste, aber auch leicht zu durchschauen, wenn sie bei einer Lüge ertappt wurden. So auch jetzt, als Frank Maybach sagte: „Also ... ja ... wir kennen ihn von einer Wattwanderung. Nicht wahr, Marianne?" Marianne nickte, schaute dabei zum Fenster hinaus.

„Ah, ja. Kennen Sie eine Frau Hansen? Christa Hansen? Sie ist auch Gast hier."

Hui! Ein Chamäleon wäre stolz auf den rasenden Farbwechsel, den die beiden jetzt zeigten. Weiß, rot, Sonnenbräune wechselten sich in Sekundenbruchteilen ab.

„Also, Herr Kommissar", druckste Frank Maybach herum, „der Wolters ... den wollte ich eigentlich treffen."

„Warum?"

Kolle mochte dieses „eigentlich" nicht. Er fand, dass es eine Ausrede war, etwas nicht genau zu wissen, etwas zu verschweigen oder um eine Erklärung in die Länge zu ziehen, um sich wichtig zu machen. Es kam für ihn gleich nach dem Satz „Raten Sie mal, was ich gefunden habe!"

„Na ja", fuhr Maybach fort „ich bin Ingenieur und wollte mit dem Toten, als er noch lebte, geschäftlich etwas besprechen. Es kam aber nicht dazu, da die Wattführung ausfiel."

„Würden Sie mir auch verraten, was Sie besprechen wollten?"

„Wolters war für eine Firma der Windkraftbranche tätig. Als sogenannter Vermittler. Damit warb er auch ganz offiziell auf seiner Webseite."

„Was macht ein Vermittler?"

„Er stellt Kontakte her, zwischen Entwicklern und Firmen."

„Hat nicht jede Firma eine eigene Abteilung für Entwicklung?"

„Nicht jede. Die etablierten können es sich leisten. Andere, eher unbekannte Firmen der Branche, die effizient arbeiten müssen, nicht. Die suchen über Mittelsmänner innovative Ideen."

„Werkspionage mit legalem Anstrich?"

„So kann man es nennen. Aber ich würde es eher als Techniktransfer bezeichnen. Nicht jede Firma entscheidet sich für eine Innovation, die in der eigenen Abteilung als Idee entstanden ist. Wenn dem so wäre, würden diese Firmen sich dem Risiko aussetzen, einem Flop hinterherzulaufen. Das wissen wir Ingenieure, und versuchen nicht gegen Mühlen zu kämpfen."

„Verstehe. Sie arbeiten Ideen aus, die den Gewinn anwachsen lassen."

„Genau. Darum ist unsere Branche so, wie Sie sie heute kennen. Konventionell, bieder, keine Experimente. Die überlässt man kleinen Firmen."

„Und Sie wollten ihm etwas verkaufen?"

„Ja." Maybach taute bei dem Thema auf. „Ich wollte ihm eine neue Generation von Vertikalanlagen vorstellen. Eine bahnbrechende Idee. Ich habe nämlich ..."

„Ich weiß", unterbrach ihn der Kommissar. Kolle erinnerte sich an das Gespräch mit der Hansen.

„Kennen Sie Frau Hansen?"

„Ja. Sie hatte mich angerufen. Darum wollte ich mich auch mit ihr treffen. Man muss immer sehen, dass man mehrere Alternativen hat in unserem Geschäft."

„Wusste Frau Hansen, dass Sie sich mit Wolters treffen wollten?"

„Von mir nicht. Ganz sicher."

Kolle dachte nach. Maybach wollte sehen, wer am besten für seine Neuentwicklung bezahlen würde. Wolters und Hansen kannten sich, wussten scheinbar aber nicht von ihrem gemeinsamen Bekannten. Hansen, offizielle Vertreterin einer US-Firma und auf eine fette Provision hoffend, und

Wolters als freier Vermittler, der für jeden arbeitete, der genug bezahlen würde. Und dazwischen Maybach, der sich ebenfalls ein gutes Geschäft erhoffte und nur zu warten brauchte, wer ihm am meisten zahlen würde. Habgier und Gewinnsucht. Wolters ist jetzt aus dem Rennen. Nun hätte Hansens Firma gute Chancen.

„Gab es noch andere Interessenten?"

„Bisher nicht. Ich hatte die Idee, einheimischen Firmen aus Norddeutschland zuerst eine Chance einzuräumen."

„Aber Sie wussten, dass Frau Hansen für eine US-Firma arbeitet?"

Maybach hörte diese Information wohl zum ersten Mal.

„Nein!"

Kolle wusste, dass das ehrlich kam. Na ja, vielleicht hatte er gerade eine neue technische Entwicklung verhindert, ging es ihm bedauernd durch den Kopf.

„Aber das ist kein Problem." Der Ingenieur winkte ab.

„Es gibt andere Firmen, die Interesse hätten. Wolters ist, äh, war nicht der einzige Vermittler in Norddeutschland. Man muss nur im Internet suchen, dann finden sich immer solche, die neuen Ideen gegenüber aufgeschlossen sind."

„Wo waren Sie, als Wolters zusammenbrach?"

„Im Speisesaal. Mit meiner Frau und Malte."

„Und vorher?"

„Am Strand mit meiner Familie."

Marianne Maybach, die die ganze Zeit zugehört hatte, bestätigte das. Der Kommissar gab sich einen Ruck und sagte unvermittelt: „Das war es, … für heute." Kolle stand auf und verabschiedete sich.

Er musste jetzt unter allen Umständen eine Denkpause einlegen und endlich die Ausdrucke lesen, die sein Kollege Larsson aus Husum geschickt hatte.

Er verließ den Minigolfplatz und suchte eine ruhige Ecke auf der Hallig, wo er ungestört nachdenken konnte. Nicht einfach, wenn überall aufgeräumt wird, sämtliche Elektroautos unterwegs sind und es trotz der allgemeinen Bemühungen immer noch so aussah wie nach einer Demo von gelangweilten Hooligans.

Über allem lag ein goldenes Licht, das von der Dunstglocke erzeugt wurde, durch die sich die Sonne kämpfen musste. In der vollkommenen Stille blökten vereinzelt Schafe, wodurch das Gefühl von Weltabgeschiedenheit noch zusätzlich verstärkt wurde.

Ein E-Mobil flitzte lautlos heran und hielt direkt neben ihm. Onne saß am Lenkrad mit lässig herausbaumelndem Arm.

„Hey! Taxi?"

„Ja. Zur Kirche, bitte."

„Liegt zwar nicht auf meiner Route, aber was soll's ... hab eh gerade Pause."

Kolle stieg ein und krallte sich in der nächsten Sekunde am Sitz fest, bevor er sich anschnallen konnte.

„Festhalten!", rief Onne und beschleunigte, als gelte es die Erdanziehungskraft zu überwinden, um ins All Richtung Mars zu fliegen.

Kirche

Erster Tag nach dem Unwetter

17:30 Uhr

Nach drei Sekunden wurden die Bremstriebwerke gezündet und er brach sich um ein Haar beide Arme, als er sich am Armaturenbrett abstützte.

„Kirche!", jubelte Onne und sprang aus dem Fahrzeug.

„Gottlob nicht Friedhof", murmelte Kollerup und ließ sich auf den „roten Marsboden" fallen.

„Komisch", sagte Onne und blinzelte in eine fahle Sonne, die sich jetzt durch den Dunst quälte.

Kolle wälzte sich auf die Knie und bemerkte, dass der Sand wahrhaftig rot war. *Was zur Hölle …*, dachte er und im selben Moment nahm er den Eisengeruch wahr. „Blut!"

An den Händen und Knien klebte rostbrauner Sand, der ärgerliche Flecken hinterließ. Onne kam, beugte sich hinunter, schnüffelte und nickte wissend.

„Schätze, mein verehrter Holmes, dass wir den Tatort haben", sagte er mit näselnder Stimme.

Kollerup stand nun auf und blickte auf die Fläche. Hier musste einiges Blut den Boden getränkt haben, ging es ihm durch den Kopf und nahm sein Tablet zur Hand, um ein Foto zu machen.

„Leg dich daneben", bat er seinen Freund.

„Bist du jetzt …?", protestierte der und schüttelte ungläubig den Kopf.

„Nur wegen des Größenvergleichs!" Kolle wies mit der Hand ungeduldig zu Boden.

„Nee. Das machen wir anders.“ Onne holte einen Zollstock aus dem Kofferraum des Fahrzeugs, klappte ihn auf, legte ihn neben die rote Fläche. „Ungefähr einen Meter und 80 Zentimeter. Genau 90 Zentimeter breit.“

Vorsichtig kratzte Kolle mit dem Fuß im Sand herum. Nach drei Zentimetern Tiefe nahm der Boden normale Farbe an. Er schoss ein letztes Foto. Zum Abschluss nahm er eine Bodenprobe, die er in die Zellophanhülle seiner Zigarettenschachtel stopfte.

„Mission erfüllt“, sagte er. Onne sah ihn fragend an. Kolle winkte ab und schlenderte mit seinem „Ich-weiß-dass-hier-etwas-versteckt-ist“-Blick herum. Der Eingang zur Kirche mit seinem provisorischen Vorbau aus Eternitplatten lag drei Schritte entfernt. Das Dach, ein Stück Wellblech, lag auf der Wiese. Hatte er es nicht untersucht? Hatte er. Er hatte heute beim morgendlichen Rundgang mit Onne ein Stück gefunden. Kein Blut daran. Vom Regen abgewaschen. Es gab, außer diesem Fleck hier, keine Blutspur, geschweige denn auch nur einen Tropfen. Er dachte nach. Was passiert, wenn am Hals die Schlagader durchtrennt wird? Es spritzt ziemlich heftig. Warum hat Wolters sich bei diesem Wetter bis zum Hotel schleppen können? Wie war er seinem Mörder entkommen, wenn es kein Suizid war?

Was war geschehen? Wolters trieb sich in der Nacht im aufziehenden Unwetter hier herum. Nicht außergewöhnlich für einen Nordfriesen, der schon lausigeres Wetter erlebt haben musste. Was geschah in der Todesnacht, als Wolters hier gewesen sein musste, und wie kam ein Stück Wellblech in den Hals des Toten?

Kolle wurde von einem Alien am Arm geschüttelt.

„Erde an Mars! Jemand zu Hause?“

„Sag mal. Du bist doch in der Mordnacht unterwegs gewesen“, fragte der Kommissar. Sein Freund sah ihn perplex an. Er blinzelte zweimal und sagte dann nur: „Ja.“

„Bist du alleine ins Hotel gekommen?"
„Wie ..."
„Ist kurz vor dir oder kurz nach dir jemand ins Hotel gekommen?"
„Nein. Als ich die Schafe in die Kapelle getrieben hatte, bin zuerst zu meinem Haus. Dann auf dem direkten Weg ins Hotel. Ist ja nachts gut beleuchtet. Könnte fast als Leuchtturm durchgehen, so gut ist die Fassade von Scheinwerfern angestrahlt."
„Wolters ist dir nicht begegnet?"
„Nö. Niemand."

*

Sie waren jetzt in der Kirche, die wie jeder Schafstall nach Schafstall roch. Aussichtslos, jedem Schafköddel auszuweichen. Trotzdem versuchte Kolle, auf Zehenspitzen verhältnismäßig makellos durchzukommen. Dabei achtete er auf Spuren. Ärgerlicherweise hatten Sturm und Regen sämtliche Spuren beseitigt. Die Schafe, die heute ins Freie gelassen wurden, hatten alles plattgetrampelt. Lediglich der blutgetränkte Weg vor der Kirche zeugte davon, dass hier etwas geschehen war, das höchstwahrscheinlich mit dem Tod des Wattführers zu tun hatte.

Ein weißer Fetzen Papier fiel ihm auf. Er lag auf einem der Strohballen, die in einer Ecke aufgetürmt waren. Onne wusste sofort, wonach Kolle fragen würde und streckte ihm eine Papiertüte entgegen.

„Keine Bange, die sind neu", kam er dem Einwand Kolles zuvor. „Das sind Kotzbeutel vom Schiff."

Der Kommissar setzte sich auf einen Ballen und nahm aus seinem Mantel die zerknitterten Ausdrucke, die er bereits eine Weile mit sich herumtrug.

„Du könntest mir helfen, die Unterlagen durchzugehen." Hierbei reichte er seinem derzeitigen Assistenten die Hälfte der Ausdrucke.

Larsson hatte gute und schnelle Arbeit geleistet. Wie er ihn hier vermisste, diesen geschniegelten Lulatsch! Mit einem heimlichen Seitenblick auf Onne entschuldigte er sich innerlich bei seinem neuen Freund. Das exakte Gegenteil. Aber es waren ungewöhnliche Zeiten, die ungewöhnliche Maßnahmen erforderten. Und ein Künstler hatte sicher einen nicht alltäglichen Blick auf Details.

Er begann oberflächlich die Ausdrucke zu sichten. Zufälligerweise hatte er die von den Gästen und Onne die der Angestellten.

Als Kolle die von den Sievertsens durchblätterte, fand er etwas Interessantes. Sie hatten eine Tochter, die im November 1983 bei einem Verkehrsunfall ums Leben kam. Die damals 13-jährige wurde an einer Kreuzung in Mildstedt von einem Fahrzeug erfasst und war sofort tot. Spaziergänger fanden die Tote am nächsten Tag. Der Täter blieb verschwunden, trotz größter Mühe und der Mithilfe der Bevölkerung.

Kurt Sievertsen stellte sogar eine hohe Belohnung in Aussicht, die aber nur dafür sorgte, dass sich viele meldeten, um ihren „komischen" Nachbarn zu verdächtigen, oder einem unliebsamen Zeitgenossen einen Streich zu spielen.

Der Rest klang wie aus dem Lebenslauf eines erfolgreichen Geschäftsmannes: Der Vater besaß eine erfolgreiche Bäckerei, Sohn erbte und baute ein kleines Backimperium auf, das bis heute in ganz Nordfriesland bekannt war.

Frau Sievertsen war eine geborene … hoppla! Wolters! Und sie stammte von Amrum.

Hastig nahm er das Dossier vom Toten und suchte nach dem Geburtsort. Ha! Zwar nicht Amrum, aber Wyk auf Föhr. Wie Kolle sich jetzt erinnerte, sagte der Hotelchef, dass Wolters auf Amrum lebte und auch auf Föhr. Nur schade, dass die Telefonverbindungen zurzeit gestört waren. Aber er konnte es ja versuchen. Also zückte er sein Handy und … ach … der olle Klappknochen! Sein Tablet lag im Zimmer im

Kühlfach der Minibar. Er hatte mal gehört, dass das den Akku schonen würde, seitdem legte er sein Smartphone und Tablet immer in den Kühlschrank.

Also musste er warten, bis er wieder im Hotel war und versuchen konnte, falls es wieder ein Netz gab, im Internet zu recherchieren. Er seufzte. Früher war alles einfacher! Da hatte man alle wichtigen Telefonnummern in einem Buch, ohne Akku und Suchfunktion!

Da er jetzt die Unterlagen über den Toten in der Hand hatte, sah er nach, was es außerdem Interessantes gab.

Im Großen und Ganzen deckte sich das mit dem, was er bereits wusste. Studium als Elektroingenieur abgeschlossen, im Fach Volkswirtschaft total gescheitert. Danach angestellt als Entwicklungsleiter einer der aufstrebenden Firmen, die auf Windkraft setzten. Seine Eltern, die damals eine gutgehende Pension in Wyk betrieben, starben im Herbst 1983. Er verkaufte alles bis auf ein Haus, in dem er zeitweise seinen Urlaub verbrachte.

Nun stieß Kolle auf etwas Bemerkenswertes: Die Schwester der Mutter des Toten war mit dem Bruder des Vaters von Heidi Sievertsen verheiratet. Also war Frau Sievertsen verwandt mit der Mutter des Toten. Gibt's ja wohl nicht! Und sie hatte wirklich geglaubt, dass sie das verheimlichen kann?

Kirche

Erster Tag nach dem Unwetter

18:00 Uhr

Ich gehe eine rauchen", murmelte er.

„Ich komme mit." Onne rutschte vom Strohballen herunter und zog einen Flachmann hervor.

„Auch einen?"

„Im Dienst?"

„Hast doch Urlaub."

„Stimmt."

„Hey!"

Onne musste ihm die Flasche aus der Hand reißen, bevor er leer ausgehen würde.

„Sag mal Onne, was hältst du von der Sache?"

„Das ist wie in einem echten Krimi!"

„Jetzt aber mal ernsthaft. Natürlich ist das ein echter Krimi. Ein Mensch ist tot."

„Na ja, … wenn du so fragst, … finde ich es unheimlich. Alle Gäste waren im Restaurant. Der einzige Mensch, der sich draußen herumtrieb, war Wolters. Aber waren auch wirklich alle Gäste und die Angestellten im Haus?"

„Zum Zeitpunkt des Todes, ja, bis auf den Haustechniker. Der hatte mit dem Stromausfall zu kämpfen. Schließlich hatten wir kurz nach dem Ausfall wieder Strom vom Generator."

„Ich war aber auch draußen, Kolle. Und ich habe kein Alibi."

„Welches Motiv hättest du gehabt?"

„Mal sehen … Lust am Töten?"

„Ach, Onne."

„Na ja, vielleicht wollte der Tote an meine wertvollen alten Bierflaschen. Nachdem ich die Schafe", er deutete auf die Kirche, „im Stall hatte, ging ich zu meiner Bude, ich überraschte Wolters, als der im Dunkeln herumwühlte und zack!"

„Ja, mit einem Stück Wellblech!" Kolle schnaubte wegwerfend und verdrehte die Augen.

„Hätte ich ihn mit einem Pinsel erstechen sollen?" Onne hob dabei fragend seine Arme und fuhr fort: „Oder mit einem Bild der *Braunen Serie* zu Tode erschrecken?"

„Ich will dir nicht zu nahetreten, Onne, zu einem Mord in dieser Art hättest du nicht die richtige Größe."

Onne spielte den Beleidigten und verschränkte seine Arme.

„Gibt es in deinen Unterlagen irgendwelche Verbindungen zum Toten?", fragte Kollerup zwischen zwei Zügen an seiner Zigarette.

Onne schien immer noch beleidigt und machte „Pffft!"

„Meine Güte! Also gut. Ich nehme dich vorläufig fest, weil du des Mordes an Wolters verdächtigt wirst. Zufrieden?"

„Nur festnehmen?"

„Nur festnehmen", bestätigte Kolle ernsthaft.

„Und ich bin nicht zu klein!"

„Ja, Onne, du bist nicht zu klein."

„Nein!"

„Nein, was?"

„Da gibt es keine Verbindungen, außer, dass Wolters seit Eröffnung des Hotels der zuständige Wattführer war, der diese Tour den Besuchern der Hallig anbot. Somit hatte er automatisch Kontakt zu den Angestellten, aber auch zu den Budniks."

Kolle überlegte. Klar, jeder Angestellte hatte eine Verbindung zu Wolters. Er grübelte darüber nach, ob alle „W-

Fragen“ beantwortet werden konnten. Wer war wann wo, welches Motiv konnte der Täter gehabt haben, und wer hatte die Gelegenheit? Das „Wie“ konnten sie im Augenblick ausklammern. Verblutet durch eine Verletzung der Halsschlagader. Ob Gift oder anderes im Spiel war konnte erst definitiv gesagt werden, wenn das Ergebnis der Obduktion und des toxikologischen Gutachtens vorliegen würde.

Er berichtete, was er gefunden hatte: „Wenn die Frau Sievertsen und der Wolters verwandt sind, sollte ich die beiden noch einmal befragen.“ Er vervollständigte seinen Bericht mit der Befragung der Maybachs und teilte seine Erkenntnisse über das weibliche Paar.

„Hatte ich schon gehört, dass der Wolters alles bespringt, was nicht bei drei auf einem Baum ist!“

„Ja, Onne, aber wieso Wolters? Ich meine, … “, er hob hilflos seine Arme, „der war ja nun nicht gerade ein Adonis! Übergewicht, aufbrausend und über 60.“ Kolle schüttelte verzweifelt den Kopf.

„Kolle. Ich sag dir mal was: Versuche nicht, die Frauen zu verstehen. Daran sind schon viele vor dir gescheitert. Oder darüber verrückt geworden.“ Er ließ bedeutungsvoll einen Zeigefinger kreisen.

„Wir lesen jetzt die Unterlagen weiter durch.“ Kollerup sah auf seine Uhr. „Bald wieder Zeit zum Abendessen.“ Inzwischen wurde die Sicht besser und es kam ein leichter Wind auf. Die bisher fahle Sonne kämpfte sich weiter durch, ihre Wärme begann die Feuchtigkeit zu verdunsten, die auf der Hallig lag. Die Stille, die drückend war, wurde jetzt vom zaghaften Plätschern kleiner Wellen unterbrochen. Oben auf der Kirchwarft hatten sie Sicht bis zum Anleger. Ein Spatz flatterte durch das Gras und knabberte an den Samen der Gräser und weiter hinten auf der Schafswiese blökte ein Schaf.

Als sie die Kirche betraten, meldete sich Kolles Klappknochen. Erstaunt nahm er das Gespräch an. Er wurde wohl alt. Hatte er es nicht im Zimmer …? Sein Kollege Larsson meldete sich mit seiner typisch kühlen Art.

„Chef? Lührssen und Eysenhardt sind gleich bei Ihnen."

„Hä?"

„Helikopter."

Dann wurde die Verbindung unterbrochen. Was zur Hölle …?!

„Gibt's was?", wollte Onne wissen.

„Sie sind gleich da. Helikopter."

„Aliens?"

„Schlimmer."

„Schlimmer?"

„Gerichtsmediziner Lührssen und Staatsanwalt Eysenhardt." Ein leises Flappen war nun zu hören. „Auf zum Großen H!", rief Kolle.

„Großes H?", fragte Onne.

„Helikopterlandeplatz! Noch nie das große H auf dem Boden gesehen?"

*

Inzwischen waren alle Hotelangestellten und Gäste am Landeplatz und sahen nervös in den blassblauen Himmel. Und da kam er auch schon. Der eiserne Schmetterling. Kollerup lief immer eine Gänsehaut über den Rücken, wenn ein Bundeswehrhubschrauber landete. Das erinnerte ihn an die Bilder aus seiner Kindheit und Jugend, wenn im Fernsehen vom Krieg in Vietnam berichtet wurde. Spontan kam ihm ein Musiktitel in den Sinn. *Fortunate Son.* Glückskind. Dieses Mal waren keine Seals oder GIs der Marine an der Seitentür, um Verletzte im vietnamesischen Dschungel zu bergen, sondern zwei Zivilisten, die mit ernstem Blick ihre Umgebung musterten. *Vielleicht erwarteten sie, von einheimischen Rebellen unter Beschuss genommen zu werden,* dachte Kollerup. Beide machten überflüssigerweise mit einem militärischen Handzeichen deutlich, dass sie Kollerup entdeckt hatten.

Die Räder des Hubschraubers hüpften noch auf dem gepflegten Rasen, als auch schon die Passagiere mehr oder weniger elegant heraussprangen. Geduckt liefen Lührssen und Eysenhardt unter dem Rotor, wobei Kolle sich fragte, warum der Staatsanwalt Angst um seinen Kopf hatte. Selbst mit erhobenen Armen wären sogar die Hände außer Gefahr. Jetzt erkannte man die komplett unterschiedliche Kleidung der beiden. Eysenhardt in seinem typischen wehenden Mantel, der den ohnehin nicht gerade großen Mann noch kleiner wirken ließ. Neben ihm der Gerichtsmediziner, Pathologe und Forensiker Professor Doktor Lührssen. Wieder mal schick und den Umständen entsprechend gekleidet. Olivgrüne Gummistiefel, Kleidung im modischen Tarnmuster und auf dem Kopf eine ebenso gefleckte Baseballkappe. Schwer bepackt mit Koffern, die scheinbar seine Arbeitsgeräte enthielten. Als sie den wartenden Kommissar erreichten, warf Lührssen sein Gepäck fluchend ins Gras und wischte sich theatralisch den Schweiß mit einem olivgrünen Tuch von der Stirn.

„Moin, Kolle", ächzte er und gab ihm die Hand. Inzwischen war auch Eysenhardt angekommen und grollte mit seinem Bariton einen Gruß. Wie es seine Art war, verschwand eine Hand auf napoleonische Weise im Mantelaufschlag. Die andere zwirbelte seinen enormen Oberlippenbart, den er ständig an den Enden in Form bringen musste. Die einen kratzen sich im Nacken, wenn sie verlegen sind oder legen Zeigefinger und Daumen auf die Nase oder taten irgendwas. Eysenhardt zwirbelte seinen Bart.

Kollerup stellte Onne vor, mit einem kurzen Rückblick auf seine Mithilfe, die er lobend erwähnte.

„Ich sehe schon, mein lieber Kollerup, dass ich wieder mal den richtigen Mann vor Ort habe!", lobte sich der Staatsanwalt selbst für eine nie getroffene Entscheidung.

Er sah sich um und wippte dabei mit den Füßen, als ob er darüber spekulierte, wo er seine Truppen zu stationieren gedachte.

Als die Rotorblätter endlich stillstanden, forderte der Staatsanwalt Kollerup auf, ihm von den Ereignissen zu berichten: „Na ja, dann! Setzen Sie uns jetzt bitte ins Bild."

Militärisch knapp informierte Kolle über die Ereignisse der letzten 24 Stunden. Währenddessen machte der Gerichtsmediziner Lührssen ungeduldige Handzeichen in Richtung des Hotels und tippte auf seine Uhr. Kolle kam zum Ende und machte eine ahnungslose Geste.

„Es ist ratsam, so schnell wie möglich eine ausführliche Obduktion durchzuführen, damit man ein möglichst zeitnahes Bild über die Umstände des Todes bekommt", dozierte Lührssen mit erhobenem Zeigefinger, wie in einer Vorlesung vor Studenten.

„Na, dann kommen Sie mal mit." Kolle und Onne gingen vor, wobei beide nicht so nett waren, dem Mediziner etwas von seinem Gepäck abzunehmen. Als die Vierergruppe die Treppe erreichte, reckten die beiden Neuankömmlinge ihre Köpfe zum imposanten Dach und bekamen große Augen.

„Mann, Kolle! Das haben Sie in einem Preisausschreiben gewonnen?", flüsterte Lührssen ehrfürchtig.

„Um was ging es in dem Wettbewerb?", wollte Eysenhardt wissen.

Kollerup spielte den Abgebrühten.

„Nichts Besonderes. Ein Suchbild. Nannte sich ‚Wo ist die Katze?'. Der erste, der die Katze findet, gewinnt."

„Das ist jetzt ein Scherz, oder?" Onne war entsetzt. Ein Suchbild!

Oben am Ende der Treppe wurden sie vom Hotelchef Budnik und seinen Angestellten begrüßt.

„Moin! Ich bin Staatsanwalt Eysenhardt aus Husum. Und der da ...", er deutetet auf den hechelnden Lührrsen, „ist unser Gerichtsmediziner, Pathologe und Forensiker, Professor Doktor Lührssen."

„Und folgsamer Packesel“, setzte der Genannte undeutlich murmelnd hinzu und wischte sich erneut theatralisch den Schweiß von der Stirn. Budnik stellte sich und dann seine Mitarbeiter vor, die in einer Reihe wie bei einem Staatsempfang aufgereiht waren. „Wenn Sie mir folgen würden?“, forderte Budnik sie auf und marschierte ins Foyer. Im Büro saß seine Frau, die sofort hochsprang, als die Gruppe das Foyer betrat.

Der Staatsanwalt hauchte charmant einen Kuss auf die ihm dargebotene Hand und zwirbelte seinen Bart. Da die Ankunft des Hubschraubers nicht unbemerkt geblieben war, Lärm genug hatte er gemacht, war es nicht erstaunlich, dass ebenfalls sämtliche Gäste anwesend waren. Die Terrassentür war geöffnet und die spätnachmittägliche Sonne vermittelte mit ihrem goldenen Licht eine surreale Atmosphäre.

„So … ächemm …“ räusperte sich Eysenhardt und erklärte allen, warum sie hier waren. Kollerup verdrehte innerlich die Augen und fragte sich, ob er wirklich alle für so zurückblieben hielt, nicht zu wissen, warum ein Staatsanwalt mit Pathologe nach einem Todesfall vom Himmel fielen.

„Wann können wir nach Hause?“ Der Sohn der Maybachs sah den seltsamen Onkel mit dem komischen Bart an.

„Nun, mein Junge, das geht jetzt nicht. Schließlich geht es euch doch gut hier, oder?“

„Na ja, …“, meldete sich jetzt Kurt Sievertsen zu Wort und fügte hinzu: „nichtsdestotrotz haben einige noch woanders Verpflichtungen.“

„Papperlapapp!“ Eysenhardt winkte ab. „Sie haben ja sowieso einige Wochen gebucht. Betrachten Sie es als Abenteuerurlaub. Hier geht es Ihnen besser als auf dem Festland.“ Damit war für ihn die Sache erledigt. Er berichtete noch, wie es auf dem Festland stand. Alles sei halb so wild, wie er versicherte. Einige Verletzte, hohe Sachschäden, ein

Teil der Bevölkerung in Notunterkünften. Schiffe konnten derzeit nur begrenzt verkehren und die meisten Fähranleger waren beschädigt. Städte wie Husum, Dagebüll oder Büsum waren über den Seeweg nicht oder nur schwer erreichbar. Wer Angehörige an der Westküste hatte, musste sich gedulden, bis die Telefonverbindungen wieder belastbar waren. Morgen vielleicht, vertröstete er die Anwesenden.

Dann klatschte er in die Hände und rief: „Na, wo ist denn der gute Mann?"

„Im Kühlraum, Herr Staatsanwalt!" Onne deutete mit dem Daumen in Richtung Küche.

„Guter Mann! Gehen Sie vor! Kolle? Lührssen!"

Zu dritt standen sie frierend im Kühlraum und sahen auf die bleiche Gestalt des Toten. Lührssen hatte sein Möglichstes getan und bestätigte, wobei er lobend seine Stimme hob, Kolles Ergebnis seiner oberflächlichen Untersuchung: „Tod durch hohen Blutverlust aufgrund der Wunde am Hals. Ob Gifte, Drogen oder anderes im Spiel waren, natürlich erst nach der endgültigen und allumfassenden ..."

„Ersparen Sie uns das!", fuhr ihm der Staatsanwalt dazwischen. „Wir wissen, dass Sie der Beste sind." Dann zückte er ein Funkgerät und rief den Piloten, um die Leiche abzutransportieren.

Lührssen packte seine Sachen zusammen, einschließlich der Beweisstücke. Die Sachen des Toten wurden in einen Transportbehälter gelegt, und keine zehn Minuten später war der Helikopter in der Luft. „Halten Sie mich über die Front auf dem Laufenden!", dröhnte Eysenhardt zum Abschied.

Als Ruhe eingekehrt war auf der Hallig, die Schwalben und Spatzen aus ihren Verstecken hervorkamen, strömten die Gäste ins Freie. Gab ja eh nichts zu tun, also sagten sich die Gestrandeten, dass sie sich nützlich machen konnten. Kolle sah auf seine Uhr und stellte fest, dass es bereits früher Abend war. Der erste Tag nach dem Todesfall. Onne war bei seinen Schafen. Es gab noch so viel zu tun, und der Herr Onne ging Schafe zählen oder ähnliches! Er schlenderte um den Haubarg herum.

Das Haus war doch erstaunlich stabil, dachte er, als er zu dem gewaltigen Giebel aufblickte. Am Anbau, in dem sich der Generator befand, spielte Malte mit einem Gegenstand, der wie eine Waffe aussah!

Hallig

Erster Tag nach dem Unwetter

19:30 Uhr

Hey, Malte!", rief Kollerup und hob seine Hände, als er näherkam. „Wen willst du erschießen?"

Malte sah den Kommissar mit einem zugekniffenen Auge an. „Sind Sie 'n Spion?"

„Wer will das wissen!", knurrte Kolle.

Malte spielte das Spiel mit. „Ich hab' die Knarre und ich stelle die Fragen. Kapiert?" Dabei hob er eine Pistole! Die sah verdammt echt aus. Die heutigen Kleinkaliberwaffen waren nicht besonders schwer, nicht so wie ein anständiger 45er-Revolver. Den hätte der Knirps kaum mit einer Hand halten können. Es war so eine kleine schwarze Waffe, die wie eine Spielzeugpistole aussah. Heutzutage hatten Faustwaffen kaum Gewicht und einen kaum spürbaren Rückstoß. Für Kinder kein Problem. Und die, die Malte in der Hand hielt, war eine echte Waffe!

„Vorher solltest du sie entsichern. So kann man nicht schießen", versuchte er den uralten Trick und hielt Malte eine geöffnete Hand entgegen. Sichtlich irritiert hantierte der an der Pistole herum.

„Gib sie mir. Ich zeige dir, wie das geht. Bekommst sie auch zurück. Versprochen." Sein Ton wurde härter.

„Ist eh nicht geladen." Malte zuckte enttäuscht mit den Schultern und gab sie ihm. Kolle atmete auf, als er sie sicherte.

„Dann darf ich sie behalten?"

„Ja. Von mir aus. Aber mein Papa wird ziemlich sauer sein, wenn er sieht, dass Sie seine Knarre haben!", krähte der Balg vor Vergnügen.

„Muss dann mal ...", rief er noch und sauste ins Hotel.

Nicht zu fassen. Kolle entdeckte Herrn Maybach am zerstörten Anleger, wo der damit beschäftigt war, den Abfall zu trennen. Er nahm ein E-Bike, auf die Hinterlegung der Fahrradmiete verzichtete er, und surrte los.

„Gehört die Ihnen?" Wütend warf Kolle die Waffe auf die Ladefläche des Anhängers, auf der feuchtes Holz lag. Dabei sah er Maybach scharf an. Der zögerte kurz und nickte schuldbewusst.

„Sofort die Papiere! Waffenschein und so weiter!"

„Hab ich doch nicht hier. Die sind im Hotel", kam die kleinlaute Antwort vom sichtlich schockierten Vater. Er sah auf. Schneeweiß im Gesicht.

„Ist nicht geladen", murmelte er.

„Sie kommen jetzt mit, und wir prüfen die Papiere!"Kolle hob das Fahrrad auf den Anhänger. „Ins Auto, aber dalli!", befahl er. Wortlos fuhren sie zum Hotel.

In seinem provisorischen Büro saßen sie schweigend am Tisch. Kollerup hatte Zeit. Er schlürfte an seinem leckeren Kaffee, den er bei Nele an der Bar bestellt hatte. Er sah zum Fenster hinaus. Spektakuläre Aussicht! Goldenes Licht, das durch eine leichte Dunstschicht einen Effekt erzielte, der ihn an Filmszenen erinnerte, die einen Traum darstellen sollten. Ab und zu wuselte ein Elektrofahrzeug durchs Bild. Die Papiere, die vor ihm lagen, waren alle in Ordnung. Waffenbesitzkarte, Waffenschein, alles gut und schön. Dass Maybach dennoch derart leichtsinnig mit einer Schusswaffe umging, war ihm ein Rätsel.

Seufzend sah er auf seiner Uhr, dass es nach sieben war. Er leerte seinen Kaffeebecher und stand auf. Bevor er das Zimmer verließ, sagte er: „Sie müssen mit einer Anzeige rechnen."

Vor der Tür traf er Onne. „Na? Noch alle Schafe da?"

„Jo."

„Muss mal raus. Eine rauchen."

Hinter dem Haubarg, wo sich die Abstellplätze der Elektrofahrzeuge und die Ladestationen befanden, trudelten die Gäste ein. Offensichtlich hatten sie viel Spaß gehabt und sahen alles andere als erschöpft aus. Sie scherzten miteinander und lachten viel. Einer von ihnen hatte etwas zu verbergen. Kolle sah sie sich genau an. Da war das lesbische Paar. Franziska Koch und Ilona Schneider. Zwei unterschiedliche Menschen. Äußerlich normale, nette Menschen, die dem allgemeinen Schönheitsideal entsprachen. Gutaussehend, relativ jung und mit einer sexuellen Ausstrahlung, gegen die ein Mann kaum Widerstand leisten konnte. Aber wusste man, wie weit ein Mann gehen würde, wenn er unbedingt diese scharfe Frau haben wollte? Und wie weit würde eine Franziska Koch gehen, die sich wehren würde? Dass sie dem Wolters körperlich überlegen war, sah er sofort. Vermutlich würde sie ihm eine Kopfnuss verpassen und er würde aufgeben. Er musste unbedingt noch das Dossier der beiden durchsehen, vielleicht hatte er etwas übersehen.

Dann folgten die Sievertsens. Heute ausnahmsweise nicht im Sanddünenlook. Kurt und Heidi sahen in ihren übergroßen Overalls des Hotels verloren, aber auch glücklich aus. Was hatten die beiden zu verbergen, außer dass sie eine Verwandtschaft mit dem Toten nicht erwähnten? Es war kein offizielles Verhör, aber dennoch hätten sie es ihm sagen können.

Mit ihnen kam Christel Hansen im Fahrzeug. Eine kühle und unnahbar wirkende Dame. Hochgewachsen, trotzdem sehr weiblich. Eine typische Nordländerin. Könnte sie einen Menschen töten? Wenn der Preis stimmen würde, könnte jeder töten. Jeder ist schließlich käuflich. Bei jedem ist irgendwann eine finanzielle Hemmschwelle erreicht, die mit Geld beseitigt werden kann.

Die Letzten in dem Gäste-Gänsemarsch waren Frau Maybach und ihr Sohn. Sie war unscheinbar, adrett und ruhig. Meistens sind das die, denen man so etwas nicht zutrauen würde. Aber gerade solche sind undurchschaubar. Denkbar wäre es.

Es wird Zeit, seufzte er innerlich, *den Urlaub zu beenden.* Er drückte seine Zigarette aus und klatschte in die Hände.

„Komm, Onne, wir müssen arbeiten. Du bist jetzt mein offizieller Assistent."

„Gerne. Soll ich Miss Marple oder den Watson spielen?"

„Du meinst entweder besserwisserische Nervensäge oder gutes Gewissen?"

„Mister Stringer genügt mir, Onne."

„Dieser Trottel, der nichts schnallt?"

„Nein. Der aufmerksame Helfer, der auch mal mitdenkt."

Hotel

Der Tag des Unwetters

15:00 Uhr

Christa musste noch lange an das Gespräch nach ihrer unerwarteten Begegnung mit Kai denken. Wie verbittert er geworden ist! Was hatten sie damals für Träume gehabt! Sich für Frieden und Umwelt einzusetzen! Sie selbst war in den Jahrzehnten realistischer geworden und vieles interessierte sie nicht mehr. Aber wenigstens lebte sie nicht so in den Tag hinein, ohne Ziel, nur vom Erbe ihrer Eltern. Wattführer! Sie konnte sich nichts Langweiligeres vorstellen, als nervige Fragen von nervigen Touristen zu beantworten und das bei jedem Wetter.

Vom Elektroingenieur und Revoluzzer zum Wattläufer. Seltsame Wege geht das Leben.

Das Handy klingelte. Die angezeigte Nummer war ihr unbekannt.

„Hansen?"

„Hey, Chris! Kai hier."

„Ja?" Woher hatte er ihre Nummer? Hatte sie ihm die gegeben? Nicht, dass sie …

Wolters unterbrach ihre Gedanken. „Schon was vor, heute Abend?"

Sie zögerte. Was will er?

„Eigentlich wollte ich heute auf dem Zimmer bleiben." Dass sie eine geschäftliche Verabredung mit Maybach hatte, verschwieg sie.

„Könnte dich eine Flasche Wein umstimmen? Ganz romantisch trinken wir beide zwischen Schafen in einer lauen Sommernacht … mit Blick auf die untergehende Sonne … reden über alte Zeiten …"

Sie überlegte. Vielleicht doch? Aus einem Gefühl heraus sagte sie: „Vielleicht."

„Ein Vielleicht macht Hoffnung."

Sie konnte das Gespräch auch nach dem Treffen mit Wolters einrichten. Sie war schließlich die Einzige, die Interesse hatte. Maybach müsste sich eben eine Stunde gedulden.

„Also gut. Eine halbe Stunde nach dem Abendessen am Golfplatz."

Wolters seufzte: „Ich freue mich!"

„Ja, bis dann." Sie unterbrach das Gespräch. Seltsam. Woher hatte er ihre Nummer? Nachdenklich tippte sie eine Rufnummer. Der Ingenieur meldete sich.

„Maybach."

„Hallo, Herr Maybach. Hansen hier. Ich muss unser Gespräch um eine Stunde verschieben. Ist das ein Problem?"

„Nein. Überhaupt nicht!"

„Gut dann treffen wir uns heute gegen 22 Uhr am Golfplatz?"

„Am besten hinter dem Gerätehaus. Da sind wir nicht so exponiert."

„Wie Sie wollen. Kein Problem, Herr Maybach."

Sie sah auf ihre Uhr. Vor dem Abendessen hatte sie genügend Zeit, dem Fitnessraum einen Besuch abzustatten.

Auf dem Weg dorthin kam sie an der Rezeption vorbei. Auf den hier unten an der Wand montierten Bildschirmen liefen Nachrichten, wie fast überall in den Hotels der Welt, rund um die Uhr. *Niemand entkommt der Informationsflut,* dachte sie amüsiert. Eine offensichtlich vom Wind zerzauste Reporterin, in einem Trenchcoat und mit knallgelbem Mikrofon, war zu sehen. Im Hintergrund standen Polizeiwagen mit nervös flackernden Lichtern vor umgestürzten Bäumen. Wahrscheinlich irgendwo an einer Meeresküste, vermutete sie. Nordsee! Sie wusste, wo die Reporterin stand. Vor Jahren war sie in Newcastle upon Tyne wegen eines geschäftlichen Termins gewesen. Dort stand die aufgeregte Dame mit ihrem Mikrofon. Jetzt schwenkte die Kamera zu Häusern, denen das Dach fehlte.

Der Lauftext ließ keine Fragen offen: *„Jahrtausendsturm zerstört Teile von Newcastle ... Schäden in Millionenhöhe ... Wetterforscher warnen, dass die deutsche Küste betroffen sein könnte ...“*

Sie bat darum, den Ton lauter zu drehen. Da sie sehr gut englisch sprach, verstand sie jedes Wort. Ein gewaltiger Sturm, von dem man noch nicht wusste, ob es ein Hurrikan oder Orkan sei, schien unerwartet vom Nordatlantik in Richtung Nordsee gezogen zu sein. Man nahm an, dass die hohe Wassertemperatur der Nordsee ihn mit Energie versorgte. Gottlob war es ein „linksdrehendes“ Tiefdruckgebiet, sonst wäre die komplette englische Nordseeküste von einer schweren Sturmflut betroffen gewesen. So waren es hauptsächlich Sachschäden. Ein Mensch kam ums Leben, als eine Rotornabe einer Windkraftanlage mit ihren Rotorblättern auf das Auto fiel, in dem ein Wartungsmonteur unterwegs war. Das hatte dann einen kompletten Stromausfall im Bereich Newcastle zur Folge. Natürlich alles sehr spekulativ, fand sie. Wenn eine Anlage ausfällt, war es bisher nie zu einem Stromausfall gekommen. Es sei denn, direkt daneben gab es eine Hochspannungsleitung, die durch herabstürzende Teile getroffen worden wäre. Zu viele offene Fragen, fand sie. Aber die Nachrichtensender scherten sich immer weniger um Fakten. Hauptsache „Suspense and thrill“. Kopfschüttelnd dachte sie an die vielen „Fakten“, die Windkraftgegner anführten. Da kam so etwas natürlich gerade gut an. Jetzt wurde zu einem anderen Ort der Verwüstung geschaltet. Auch diese Stadt kannte sie gut. Harwich, südlich von Newcastle. Umgestürzte LKW am Fähranleger wurden gezeigt. Momentan, so hieß es, waren alle kontinentalen Fährverbindungen unterbrochen. Schäden in Millionenhöhe an den Piers.

Sie wandte sich um, weil sie die marktschreierischen Berichte nicht sehen wollte. Am Ausgang tummelten sich Gäste, die auschecken wollten, um die letzte Fähre zum Festland noch zu erwischen. Leichte Hysterie lag in der Luft, und die junge Dame an der Rezeption hatte einen schweren Stand, bewältigte allerdings ihre Aufgabe, wie Christa fand, professionell. Plötzlich hatte sie keine Lust mehr auf Fitness. Also entschied sie sich, den Trubel am Anleger anzusehen.

Vor dem Hotel war nichts vom drohenden Unwetter zu bemerken. Blauer Himmel, eine leichte Brise und sehr warm. Lediglich im Westen schien der Dunst dichter zu sein als üblich. Alle verfügbaren Fahrzeuge flitzten auf der einzigen Straße zum Anleger wie Ameisen. Rush-Hour auf der Hallig. Zu viel Trubel entschied sie und wählte den Weg in Richtung Kirche.

Sie atmete kräftig durch und genoss die gespannte Atmosphäre. Ob ihre Termine mit Wolters und Maybach davon betroffen sein würden?

Auf der Schafswiese wuselte der Schäfer herum und trieb seine Herde zusammen; recht geschickt, wie sie fand. Folgsam wie Schulkinder ließen sie sich zur Kirche treiben. Aber genauso wie Kinder blieben immer einige zurück oder entdeckten plötzlich etwas irre Aufregendes, das es zu untersuchen galt.

Sie erinnerte sich an den Namen des Schäfers. Onne, hieß er. Ein malender Hirte, der düstere Motive auf die Leinwände klatschte. Jetzt hatte er profanere Dinge zu tun. Scheinbar trieb er seine Herde zur Kirche, die seit zehn Jahren nicht mehr genutzt wurde.

Jetzt war es ein stabiler Schafstall. Immerhin kamen jetzt sehr viel Schäfchen in das ehemalige Gotteshaus. Vermutlich war sie noch nie so voll, selbst nicht in der Zeit, als die Hallig noch von Einheimischen besiedelt war.

Aber sie sah auch, dass es wohl mit ihrem Treffen nichts werden würde. Zwischen Schafen ein Rendezvous mag für manche total romantisch sein. Für Christa, die mit Schafen aufgewachsen war, wäre es absoluter Horror.

Sie dachte kurz daran, beide Treffen kurzfristig abzusagen, traute sich aber auch zu, genauso spontan einen neuen Ort zu finden.

Am Hubschrauberlandeplatz machte sie kehrt und folgte einem Seitenweg, der hinter dem Minigolfplatz entlang zum Hotel zurückführte. Der Weg brachte sie in die Nähe des Hauses, in dem die Angestellten wohnten.

Aus der Ferne entdeckte sie Kai, der mit gesenktem Kopf zum Wohnhaus schlich. Sie unterdrückte den Impuls, ihm einen Gruß zuzurufen. Warum konnte sie auch Tage später nicht genau sagen. Es schien, als ob er schwere Gedanken mit sich tragen würde. Also überließ sie ihn seinen Sorgen und strebte dem Hotel entgegen.

Überraschend ruhig war es im Foyer. Alle Tagesgäste hatten die letzte Fähre zum Festland genommen.

Die Nachrichten im Fernsehen wurden jetzt vom Sturm beherrscht. Ein Meteorologe ließ sich wortreich darüber aus, was geschehen könnte, wenn dieses und jenes eintreten würde, und was die Folgen davon wären.

Typisch Sensationsjournalismus, dachte Christa. Als ob es nicht schon furchtbar genug war, was passiert ist. Immer noch einen draufsetzen, damit die Konsumenten bei der Stange bleiben. Sie bat den Angestellten an der Rezeption, den Ton lauter zu drehen.

„… wenn die genannten Faktoren aufeinandertreffen, könnte die gleiche Situation entstehen, die wir schon einmal hatten. Sie erinnern sich? Am 30. Juli 2010 traf einer der größten Tornados

seit Wetteraufzeichnung die Hochseeinsel Helgoland. Einige Tage zuvor war die Insel Sylt betroffen. Viele Verletzte und Schäden, an denen die Inselbewohner noch heute mit Grauen denken.“

Amateurbilder und verwackelte Videos folgten, die eine bedrohliche Wolke zeigten, die sich rotierend auf die Helgoländer Düne zubewegte.

„Wenn es weiterhin derart hohe Temperaturen gibt, könnte es sein, dass der Tornado, der die britische Nordseeküste heimgesucht hatte, sich auf seinem Weg Richtung Westen vergrößern könnte. Das wiederum hätte großflächige Schäden an der Küste zur Folge.“

Jetzt wurde eine Karte der schleswig-holsteinischen Westküste eingeblendet. Rot markierte Flächen zeigten, wo der Sturm seine größte Zerstörung entfalten könnte. Die komplette Küste war rot. Einschließlich der Halligen und Inseln im Wattenmeer.

„Die größte Gefahr wäre“, führte der Meteorologe aus, *„dass sich mehrere kleine Tornados zu einem großen zusammenschließen könnten.“*

Jetzt verändere sich die Grafik erneut, die rote Fläche bedeckte nun ganz Schleswig-Holstein.

„Aber das ist wirklich der unwahrscheinlichste Fall.“ Er grinste in die Kamera und wedelte beschwichtigend mit seinen Händen.

Christa hatte genug gesehen und schüttelte den Kopf. An den Haaren herbeigezogene Horrormeldungen! Der Moderator wies darauf hin, dass eine Unwetterwarnung für die kommende Nacht herausgegeben wurde. Geplante Grillfeiern mahnte er abzusagen, und die Camper, vorsorglich ihre Zelte abzubauen, Die Sendung wurde durch einen Werbespot für sturmfeste Regenschirme unterbrochen. Christa lachte auf. Das durfte nicht wahr sein! Regenschirme im Tornado!

Im Restaurantbereich wurde eifrig mit Besteck und Geschirr geklappert. Im Hotel schien alles seinen gewohnten

Gang zu gehen. Die Angestellten, die offensichtlich ein gutes Verhältnis zueinander hatten, scherzten und lachten miteinander. Düfte nach gebratenem Fleisch und Gewürzen zogen durch das Erdgeschoss, aus der Küche drangen die Befehle des Kochs an seinen Gehilfen.

Sie hatte jetzt Appetit. Während sie sich umzog, erwog sie kurz, ihre Termine abzusagen. Sollte es in der Tat so kommen, wie die hysterischen Nachrichten es vermuteten? Pah! Nachrichten sollen berichten, nicht vermuten! Sie schnaubte verächtlich. Stürme hatte sie als norddeutsche Deern schon viele erlebt. Solche, in die man sich hineinlegen konnte, ohne umzufallen. Da sollte eine kleine Wasserhose ihr keine Bange machen. Also ließ sie ihre Termine so, wie sie waren.

In Abendgarderobe ging sie zum Hintereingang hinaus, um den Sonnenuntergang zu bewundern. Ihr blieb das Herz vor Schreck stehen, als sie eine schwarze Wand von Westen sich nähern sah. Wow!

Der Haustechniker, der just in dem Moment das Generatorhaus verließ, nickte ihr zu.

„Moin."

„Moin", grüßte sie zurück.

„Wird schon nich' so schlimm werden!" Der Techniker deutete mit dem Daumen auf die Wolkenwand. Sie winkte ab.

„Da bin ich anderes gewohnt. Komme ja von hier."

Dann führten sie einen Smalltalk über alte Zeiten und vergangene Stürme.

„Na denn, ... muss dann mal wieder. Alle Schotten dichtmachten und so."

Sie hob grüßend die Hand zum Abschied, so wie man das an der Küste macht, wenn man ein „Hol di stief!" zum Abschied ruft.

Plötzlich wurde es spürbar kühler und eine steife Brise zupfte an ihren Haaren. Umsichtig schloss sie Tür, als sie den

Haubarg betrat. Sie wusste, was offene Türen und Fenster bei starkem Wind verursachen konnten.

Sie bestellte ihr Essen und sah sich im Restaurant um. Erstaunlicherweise waren nicht alle Hotelgäste vor dem angeblichen Sturm geflüchtet. Sie wurde vor die Fensterfront zur Terrasse platziert, wo sie wie vor einer Großleinwand das herrliche Panorama genießen konnte. Die schwarze Wand kam schnell näher. Erste heftige Windböen ließen die kleine Bar draußen wackeln, vergessene Handtücher wurden vom Wind vorbeigetrieben. Die Sonne war längst von der Wolkenfront verschluckt worden und es wurde jetzt so dunkel, dass sich die Außenbeleuchtung einschaltete.

Als ihr der erste Gang serviert wurde, begann es draußen zu regnen, dem kurz danach Hagel folgte. Der Spuk dauerte keine fünf Minuten, bis der Hagel in einen Regen überging, der scheinbar die Hallig fluten wollte. Dann ein Blitz. Sie begann zu zählen, wie sie es in der Schule gelernt hatte. Zwei Sekunden später rumste der Donner, und der Haubarg wurde dunkel. Eine Frau kreischte hysterisch auf.

Budnik, der Besitzer des *Deichvogts,* sprach ein paar beruhigende Worte und es wurde wieder hell. Es wurde wieder dunkel, als sie zum Wasserglas griff. Eine Sekunde später wurde eine bleiche Gestalt von einem Blitz beleuchtet. Kai!

Wie in einer Slow-Motion-Sequenz verfolgte sie die Szene. Mit verzerrtem Gesicht, die blutigen Hände an der Scheibe. Er sah sie an!

Seltsamerweise bemerkte sie, dass er kein Regenzeug trug. Nur eine leichte Jacke. Und eine irrationale Sorge um seine Gesundheit ergriff sie. Im nächsten Blitz, der kurz nach dem ersten Blitz diese makabre Bühne beleuchtete, lag Wolters regungslos auf der Terrasse.

Sie wusste sofort, dass jede Hilfe zu spät kam.

Hotel

Erster Tag nach dem Unwetter

20:00 Uhr

Jetzt, da alle Gäste anwesend waren, wäre die beste Gelegenheit eine eindeutige Ansprache zu halten. Zumal er ja nun offiziell mit dem Fall beauftragt war. Er stand auf und wollte gerade bekanntgeben, dass er jetzt … wurde er von Budnik unterbrochen. Kollerup verdrehte die Augen und hoffte still, dass das nun nicht zur Angewohnheit werden würde.

„Herr Kommissar! Telefon! Es ist wichtig."

Es war Lührssen. Scheinbar hatten er und sein Assistent Überstunden gemacht.

„Mein lieber Kolle! Da haben Sie aber einen dicken Fehler begangen! Von wegen Unfall."

Kollerup kannte dieses Spiel seit Jahren! Gleich wird er fragen, was er wohl meinen würde, was er gefunden …

„Was meinen Sie, was ich gefunden habe? Na? Raten Sie mal!"

„Ihren Verstand, den sie letzte Woche verloren hatten?"

„Ach, Kolle! Bleiben Sie einmal ernsthaft!"

„Sie haben in der Leiche einen toten Alien gefunden, der im Unwetter dem Wolters in die Brust gekrabbelt ist!"

Nach einem deutlichen Atemzug am anderen Ende der Leitung die Frage: „Soll das witzig sein?"

„Sie haben damit angefangen!"

„Also fast. Sie sind nahe dran."

„Erschossen? Nein. Dann hätte ich es gesehen. Jede andere invasive Möglichkeit ebenso. Also entweder vergiftet oder …“ Er wurde unterbrochen, womit er gerechnet hatte.

„Na, dann waren ihr Abitur und die Ausbildung bei der Polizei doch nicht umsonst. Sie haben richtig geraten. Gift. Nun liegt es an Ihnen, zu klären, ob freiwillig oder … Sie verstehen?“

„Welches Gift?“

„Ein Schlafmittel und drei Promille Alkohol im Blut. Da wird der werte Herr Tote kaum noch Herr seiner Sinne gewesen sein. Und dann der Sturm! Da ist der tödliche Unfall vorprogrammiert. Wie auch immer … jetzt sind Sie an der Reihe. Ich schicke Ihnen jetzt sofort den Bericht … geht Ihr Internet wieder?“

Kolle fragte Budnik danach. „Ja schon, aber eher Schneckentempo.“

„Also gut. Ich schicke Ihnen den als Mail. Sie haben ja jetzt Zeit!“ Lührssen lachte.

„Soll das witzig sein?“, äffte Kolle Lührssen nach und legte auf.

*

Im Restaurant zurück sahen ihn die Gäste erwartungsvoll an.

„Tut mir leid, Leute!“, er hob beschwichtigend beide Hände. „Ich bitte um Verständnis dafür, dass nun die kuschelige Zeit vorüber ist. Obwohl die Verbindungen zum Festland unterbrochen sind und deshalb kaum damit zu rechnen ist, dass einer von Ihnen sich dem Verfahren entzieht, muss ich dennoch darauf hinweisen, dass ab jetzt niemand die Hallig verlassen darf. Niemand.“ Dabei sah er Budnik an und sagte an ihn gewandt: „Sie sind verantwortlich dafür, dass sich Ihre Angestellten an meine Anweisung halten.“ An die anderen gerichtet sagte er: „Der Anruf eben …“, eine Kunstpause machend nahm er einen

Schluck Wasser und fuhr fort, „… kam vom Gerichtsmediziner, der gleichzeitig Pathologe ist. Raten Sie mal, was der mir gesagt hat?" Kolle fand sich toll! Unsicherheit durch Halbwissen erzeugen. Einige wurden sichtlich nervös. Das Ehepaar Sievertsen hielt sich verkrampft an den Händen. Maybach wurde blass. Die meisten zuckten nur kurz mit den Schultern.

„Ich will Sie nicht auf die Folter spannen."

Kolle nahm einen weiteren Schluck Wasser. Er hätte jetzt auch aus dem Telefonbuch vorlesen können oder aus einem Kochbuch Rezepte rezitieren. Er hatte jetzt die volle Aufmerksamkeit. Im Plauderton, so wie man im Gespräch nebenbei fallen lässt „Außerdem haben Sie da was an der Nase", sagte er: „Wolters war vollgepumpt mit einem Betäubungsmittel und hatte sich die Hucke volllaufen lassen. Wir haben es nicht mehr mit einem Unfall, sondern mit einem absichtlich herbeigeführten Tod zu tun. Zumindest wurde der Tod billigend in Kauf genommen." Zack! Das saß.

„Meine Aufgabe ist es also, zu ermitteln, ob Suizid oder Fremdverschulden vorliegen."

Er setzte sich.

Mucksmäuschenstill war es, selbst in der ansonsten quirligen Küche starrten sich die Angestellten wortlos an.

„So, und nun habe ich Hunger!", sagte Onne in diese Totenstille hinein. Die Schneider und ihre Partnerin kicherten und lösten damit die Spannung, auch wenn es albern war, jetzt zu kichern.

Es gab zwei Menüs zur Auswahl, weil Budnik bei der Kontrolle der Vorräte festgestellt hatte, dass sie sich etwas einschränken mussten. Nicht, dass es zur Neige ging, aber zwei Wochen als Sicherheitspuffer musste er berechnen. Er hatte ja mit mehr Gästen gerechnet, wenn das Unwetter nicht gewesen wäre. So waren die Lager und Kühlräume prall gefüllt, allerdings wollte er kein Risiko eingehen.

Die Anwesenden waren einsichtig und niemand murrte. Schließlich hatten sie von allem mehr als genug. Da war die Einschränkung auf zwei Menüs, beides mit drei Gängen, eher eine lustige Pointe, als dass man sich darüber aufregen müsste.

Selbst beim Frühstück, wie Budnik den Gästen versicherte, würde sich die Einschränkung auf Rührei und Matjesheringe auswirken. Auch damit konnten die Leute leben. Die wenigsten aßen Rührei oder Fisch zum Frühstück. Und Matjes war eh nichts zum Frühstück, fand Kollerup.

Also gab es am ersten Abend nach dem Unwetter wahlweise ein vegetarisches Menü oder eines mit Fleisch.

Als jeder satt und müde nach diesem ereignisreichen Tag in einem der Sessel hing, spendierte der Chef des Hauses Getränke nach Wahl.

Es wurde dann noch ein interessanter Abend. Man redete locker miteinander und die Gruppe rückte spürbar zusammen. Das beherrschende Thema war das Unwetter, während man es vermied, den Todesfall zu erwähnen. Jeder hatte Stürme und Orkane in seinem Leben schon einmal oder häufiger erlebt.

Heidi und Kurt Sievertsen gaben mehrere humorige Geschichten zum Besten, die sie auf Föhr bei den letzten Orkanen der letzten Jahrzehnte erlebt hatten. Dann ergab es sich plötzlich, dass jeder etwas zu erzählen hatte. Dabei stellte sich heraus, dass Onne ein eloquenter Unterhalter und kreativer Erzähler war. Seine Geschichten waren gespickt mit witzigen Pointen, die mit viel Gelächter und Gekicher begleitet wurden. Kolle war nicht der große Redner, aber mindestens genauso kreativ, als er von seinen Katzen berichtete, die die Geräusche einer Sturmnacht nicht so gerne mochten. Franziska und Ilona gaben sich locker und versteckten nicht ihre lesbische Partnerschaft. Es war fast wie ein Weihnachtsfest einer Familie.

Onne war der Ansicht, dass sie sich als Schicksalsgenossen nun doch alle duzen könnten und weil es doch blöde sei, nun nach all den Erlebnissen das steife Sie beizubehalten. Das fand allgemeine Zustimmung und jeder stellte sich mit Vornamen vor. Auch Kolle, obwohl er es nicht mochte, weil er fand, dass Gruppenzwang wirklich nicht nötig sei und jeder selbst wissen müsse, wen er duzen oder siezen dürfe. Aber er wollte kein Spielverderber sein. Außerdem fand er es vielleicht ganz hilfreich bei seinen Ermittlungen, wenn eine gewisse Nähe zu den Verdächtigen aufgebaut wurde.

Bei der zweiten Runde rief jemand ausgelassen, dass man die Angestellten nicht vergessen dürfe, denn jeder hatte heute dazu beigetragen, die Hallig wieder auf Vordermann zu bringen. Unter viel Hallo wurden nacheinander die fünf Männer und die beiden Damen herbeizitiert.

Auch die beiden Budniks setzten sich zu der Gruppe und stellten sich ebenfalls mit Vornamen vor. Bernd und Helga waren ihre Vornamen. Bernd war ein typischer Chef der norddeutschen Art. Einerseits freundlich, aber immer auf Abstand bedacht. Seine ansonsten herablassende Jovialität verschwand nach einem Gin-Tonic und hervor kam ein eher bescheidender Mensch. Helga war der zupackende und mütterliche Typ.

Auch sie hatten die eine oder andere Geschichte parat. Zur allgemeinen Erheiterung mit einer speziellen Art von Humor wie „Ein Ehepaar erzählt einen Witz“. Jeder verbesserte den vorherigen Satz des Partners mit einem „Schatz, das erzählst du jetzt nicht ganz richtig“. Heraus kam eine chaotische Story, die das Publikum mit viel Applaus honorierte.

Inzwischen waren auch die Angestellten mit Getränken versorgt und saßen zwischen den Gästen. Ein entspanntes Klima machte sich breit, und die Lounge-Musik im Hintergrund tat ihr Übriges, eine besondere Atmosphäre zu verbreiten.

Die Küche hatte einen kleinen Imbiss vorbereitet. Arne, der Gehilfe von Thore, dem Koch, erklärte wortreich und augenzwinkernd, welche Leckereien auf den Silbertabletts lagen. Das meiste war Fisch aus der Dose. Aber derart zubereitet, dass man den Speisen ihre Konservenherkunft nicht ansah. Es wurde kräftig zugelangt und Knigges Vorschläge für das Verhalten an einem Büffet waren unwichtig.

Dann meldete sich das Festnetztelefon im Büro. Mit einem entschuldigenden Blick in die Runde trabte Bernd Budnik los und war keine Minute später zurück. Kolle sah bereits von Weitem, dass es ein wichtiger Anruf war. Ein Bulle ist immer im Dienst. Es war Larsson. Kollerup grübelte, wie der eigentlich mit Vornamen hieß. Seigur oder so. Isländischer Name, fiel ihm ein.

„Was gibt's?"

„Arbeit."

„Danke. Hab schon welche."

„Mehr Arbeit."

„Danke, mir reicht's jetzt schon."

„Eysenhardt schickt morgen um neun die Spusi."

„Seine Fußtruppen?"

„Bei Mord immer."

„Doch Mord?"

„Der Abschlussbericht von Lührssen …"

„Warum erfahre ich das erst jetzt?"

„Ist vorhin als Mailanhang an Sie gegangen, Chef!"

„Ach so. Ja, hab' ich vorliegen, aber noch nicht gelesen."

„Er wollte, dass ich Ihnen das mitteile. Er hat jetzt Wichtigeres zu tun."

„Gut. Danke. Gute Nacht, Seigur."

„Gute Nacht, Chef."

Minigolfplatz

Der Tag des Unwetters

16:00 Uhr

Frank peilte den Ball über den Schläger an. Ja, so müsste es gehen. Er erhob sich aus der Hocke und stellte sich in Positur. Die Restfamilie sah gelangweilt zu. Marianne wollte am Strand liegen, und Malte fand das Spiel einfach nur doof. Sein Vater machte immer ein Riesenbohei, wenn er gewann. Kam selten vor, denn Malte war ein Naturtalent beim Minigolf und hatte immer einen Vorsprung von meistens zehn Punkten.

Aber sein Vater war ja Ingenieur! Da musste alles berechnet werden. Während er draufhielt und mit zwei Schlägen einlochte, hatte sein Vater oft das Pech, dass der Ball tat, was er wollte. So auch jetzt. *Planck, plock* und *klacker,* landete er neben der Bahn.

„Papa. Du musst nicht so hart schlagen!"

„Kapier' ich nicht. Nach meinen Berechnungen hätte der Ball drin sein müssen."

„Papa, sieh mal." Er legte seinen Ball auf den Abschlagpunkt und hieb ihn ohne Zögern über die Zick-Zack-Bahn. Mit einem *Klackerdiklacker* landete er im Loch. Manchmal hatte er den Verdacht, dass sein Vater ihn absichtlich gewinnen ließ. Es war doch so einfach!

Das Telefon von Frank Maybach meldete sich.

„Sorry, aber da muss ich … Maybach! … Nein. Überhaupt nicht! … Gut, am besten hinter dem Gerätehaus. Da sind wir nicht so exponiert."

Marianne sah ihn an.

„Die Hansen. Heute Abend um zehn hier am Golfplatz."

„Ich bin froh, wenn der Deal endlich über die Bühne gegangen ist", seufzte seine Frau.

„Ich auch, mein Schatz. Ich auch. So … Champion, wie wäre es mit einer Pause? Eis?"

„Eine Cola!", rief Malte. Er bekam dann Mineralwasser.

Anschließend wollten sie noch eine Wattwanderung im ablaufenden Wasser vor dem Abendessen mitmachen. Als sie fertig umgezogen waren und sich entsprechend präpariert hatten – die Mutter bestand darauf, dass Malte sich mit Sonnenschutzfaktor 50 eincremte – erfuhren sie, dass die Wattwanderung abgesagt sei. Wegen eines drohenden Unwetters. Frank beschwerte sich auch sofort, weil ja absolut nichts davon zu sehen war! Aber Frau Budnik war unerbittlich. Sie verwies auf eine Unwetterwarnung, und dass sie es als Veranstalterin nicht verantworten könne, die Teilnehmer einer Gefahr auszusetzen. Frank war entsetzt! Er wollte sich heute mit Wolters treffen. Sein Deal war in Gefahr! Und wenn es wegen des Wetters nicht stattfinden konnte? Gottlob hatte er noch die Hansen als zusätzlichen Trumpf im Ärmel. Wenn es wirklich am Wetter scheitern sollte, war er in einer Sackgasse. Die lange Vorbereitung, seine komplette Taktik war dann umsonst gewesen. So eine Gelegenheit kam nie wieder. Er war am Boden zerstört.

Malte war stinkend sauer! Da stand er nun, eingefettet und glitschig wie eine Wurst in Bratöl. Und keine spannende Wanderung zum versunkenen Rungholt!

Als seine Mutter ihm vorschlug, dass sie zum Strand gehen könnten, um den mitgebrachten Drachen steigen zu lassen, sagte er nur: „Nö."

Dann ging er ins Zimmer und duschte sich die doofe Schmiere ab. Er duschte lange. Er hatte herausgefunden, dass man mit der sprechenden Dusche Spaß haben konnte. Was die alles wusste! Als er mit ihr über den Zusammenhang zwischen Leichtwasser und schwerem Wasser debattieren wollte, kamen seine Eltern und beendeten den Disput.

Sein Vater schien übelster Laune zu sein und seine Mutter noch wortkarger als sonst.

„Ich versuche mal, den Wolters anzurufen. Vielleicht ist alles nicht so schlimm, wie ich denke." Frank Maybach ließ sich rücklings auf das Bett fallen.

Marianne, die sich mit Malte im Bad aufhielt, hörte undeutlich, dass Frank scheinbar Glück hatte und diesen Wolters an die Strippe bekam. Nach einigen Minuten rief ihr Mann, dass er jetzt den Wolters treffen wolle. Er kam ins Bad und sagte: „Wolters ist auf der Hallig. Er meint, dass jetzt der beste Moment sei. Ich bin dann mal weg. Dauert knapp eine halbe Stunde."

„Vergiss nicht", erinnerte ihn seine Frau besorgt, „dass in einer Stunde Abendessen ist. Nimmst du eine Regenjacke mit? Du weißt … das Unwetter."

„Ach was. Bis dahin bin ich zurück!"

„Ruf mich an, falls was ist."

„Was sollte denn sein?"

„Ach. Ich habe so ein Gefühl …" Sie ließ den Satz offen.

Er zwinkere ihr zu und verschwand.

Kurz vor Ablauf der versprochenen halben Stunde war Frank wieder zurück. Er grinste. „Alles klar. Ich habe ihm einen Satz Kopien gegeben. Er schien interessiert zu sein. Gar nicht unintelligent, der Mann."

Marianne lächelte. „Das ist doch klasse! Und was hat er gesagt?"

„Er wolle das prüfen und mich übermorgen informieren, was seine Firma davon hält. Er ist übrigens Elektroingenieur. Hat in Münster studiert."

„Dann können wir heute einen Teilerfolg feiern", freute sich seine Frau.

Malte, der sich gerade sein Lieblingsfilm *Dr. Who und das Geheimnis der Nautilus* ansah, rief aus dem Hintergrund: „Au ja. Und ich feiere mit einem riesengroßen Glas Gin!" Dr. Who war passionierter Gintrinker. Malte wusste genau, dass es nur Erwachsenen erlaubt war, Alkohol zu trinken. Aber man konnte es ja versuchen.

„Klar, Partner!", rief Frank und knuffte ihn in den Oberarm.

„Jetzt mach dich bitte für das Abendessen fertig", mahnte seine Frau. Draußen wurde es dunkel.

„Na ... dann wird es ja Zeit, bevor die Welt untergeht", scherzte Frank. Er hatte absolut gute Laune und keinen Zweifel daran, das Geschäft innerhalb einer Woche abzuschließen. Und er hatte ja noch den Trumpf Christa Hansen im Ärmel.

Pfeifend und mit Malte scherzend, rannte er die Treppe hinunter. Marianne war glücklich! Endlich bekam ihr Mann die Anerkennung, die er verdient hatte.

Ihr Glück fand ein jähes Ende, als Wolters tot an der Terrassentür zusammenbrach.

Hotel

Erster Tag nach dem Unwetter

22:00 Uhr

Nach dem Anruf lief der gemütliche Ausklang des ersten „Tages danach" nicht mehr ganz so locker ab. Es wurde nicht mehr so ausgelassen gelacht, man saß mit Abstand zueinander. Mit dem Bericht des Pathologen auf den Knien gehörte Kollerup nicht mehr zum Kreis der Feiernden. Das war ihm egal, denn das, was der abschließende Bericht enthielt, war viel spannender. Exakt deshalb hatte Staatsanwalt Eysenhardt Druck gemacht, dass ein Trupp aus der Abteilung der Kriminaltechniker woanders abgezogen wurde und sich so schnell wie möglich nach Grienoog auf den Weg machen sollte.

Morgen in aller Frühe sollten sie ankommen. „So gegen neun Uhr", wie sein Kollege Larsson ihm mitgeteilt hatte.

Darum war es keine Überraschung für alle, dass der Kommissar sich noch vor Mitternacht mit Onne zur Beratung zurückzog.

„Wir haben es jetzt laut Bericht mit einem Fall zu tun, der nahelegt, dass Wolters das Opfer eines absichtlich herbeigeführten Todes ist."

„Also Mord, Kolle?"

„Nein, Onne. Ich bin zwar kein Jurist, aber mindestens fahrlässige Körperverletzung mit Todesfolge. Früher wurde das mit Mord abgehandelt."

„Na ja … tot ist tot. Vergiftet, erschossen oder was weiß ich."

„Nicht ganz. Es gibt den Vorsatz oder den Versuch. Nicht zu vergessen die Affekthandlung. Na ja … und vieles mehr. Auch das Motiv ist wichtig."

Kolle war es eigentlich egal, was der Schuldige vom Richter aufgebrummt bekommen würde. Er wollte den Fall lösen. Wer war es, warum hat er es getan und womit? Mehr nicht. Eigentlich ganz einfach.

In der nächsten halben Stunde erklärte er seinem Assistenten, was im Bericht stand. Wolters wurde mit einem Cocktail vergiftet, der aus zwei verschiedenen Wirkstoffen bestand. Der eine war ein Antihistaminikum, das auch als hochwirksames Schlafmittel eingesetzt wird. Beim anderen handelte es sich um Rizin, das im Samen des Wunderbaumes steckt. Zusammen mit Alkohol führt das zwar nicht sofort zum Tod, aber man ist dem Tod sehr nahe. Früher oder später wäre Wolters allerdings an der ständigen Gabe von Rizin gestorben, das er laut Gutachten über längere Zeit in kleinen Dosen verabreicht bekommen haben musste. Das Gift führt zu mehr oder weniger leichten inneren Blutungen.

„Wer also mit diesem Zeugs jemand umbringen wollte, musste das vorbereiten. Demnach logischerweise keine Affekthandlung. Es sei denn, Wolters hat sich selbst die Überdosis Schlafmittel verabreicht und das andere Gift war eher eine Zugabe."

Onne dachte einige Augenblicke darüber nach. Dann stellte er fest: „Das heißt, dass es zwei Täter geben kann."

„Oder nur einen", wandte Kolle ein.

„Die Frage ist demnach", Onne dachte laut nach, „in welcher Reihenfolge die Gifte in den Körper gelangt sind."

„Exakt! Was mir zu schaffen macht, ist einerseits der hohe Blutverlust. Andererseits sind die inneren Blutungen durch das Rizin zu erklären." Kolle dachte nach.

Zwar hatte ihm Bernd, sie waren ja jetzt per du, die Generalkarte gegeben, aber in jedem Hotel gibt es mehrere solcher Karten. Logisch. Sonst könnten die Zimmer nicht gereinigt und aufgeräumt werden. Wie auch im Hotel waren die Türschlösser im Angestelltenwohnhaus mit codierten Sendern ausgestattet, die das Schloss abschließen und auch wieder entriegeln konnten. Es bestand also die Gefahr, dass jeder der eine solche Universalkarte besaß, Beweise beseitigen konnte.

„Warst du schon im Zimmer von Wolters, um den Safe zu suchen?", fragte Kollerup unvermittelt.

„Nee. Keine Zeit."

„Wir müssen jetzt nachholen, was wir bisher versäumt haben. Wolters Zimmer muss versiegelt werden."

„Wie denn?" Onne war ratlos.

„Ganz einfach. Da genügt ein Papierschnipsel oder ein Streichholz."

Sie machten sich unbemerkt auf den Weg zum Wohnhaus der Angestellten. Dort angekommen präparierte Kolle die Tür. Das hatte er in einem Agentenfilm gesehen.

Er steckte im unteren Bereich zwischen Tür und Türzarge ein Streichholz und brach es ab. Würde jemand die Tür öffnen, fiele der abgebrochene Teil zu Boden. Niemand achtet auf ein Streichholz, auch nicht der Eindringling.

Onne war begeistert. „Kolle, du bist ja gut!", rief er aufgeregt. Der Gelobte winkte ab. „Warte nur ab, was ich aus Kaugummifolie, einer Batterie und Zündhölzern basteln kann."

„Eine Bombe?" Sein Gehilfe war im siebten MacGyver-Himmel.

„Keine Ahnung. Aber hat dich beeindruckt, nicht wahr?"

„Angeber!"

Kolle wollte schlafen und sagte: „Ich gehe jetzt ins Bett. Morgen müssen wir fit sein." Onne dagegen wollte sich noch zu den anderen setzen und nur einen „Absacker trinken".

Hotel

Der Tag des Unwetters

11:00 Uhr

Heute schliefen sie ausgiebig lange. Ilona klagte beim Aufstehen über einen heftigen Muskelkater, als sie mühsam aus dem Bett krabbelte. Franziska, die bereits fertig geduscht und angekleidet wartete, fehlte offensichtlich nichts.

„Wenn du dich mehr sportlich betätigen würdest …“ Sie ließ den Satz in der Luft hängen. Wie oft hatte sie Ilona geraten, mit ihr zum Krafttraining ins Fitnessstudio zu gehen? Sehr oft. Aber sie hatte ein weiches Herz.

„Dann solltest du heiß duschen, meine Liebe.“

Während Ilona zur Dusche kroch, zückte Franziska ihr Smartphone. Als sie sicher war, dass das Wasserrauschen ihr Gespräch übertönen würde, rief sie Wolters an.

„Hallo, Herr Wolters“, hauchte sie verführerisch, als sich jemand mit einem grimmigen „Hallo?“ meldete.

„Franziska hier. Ich wollte Ihnen sagen, dass wir es uns überlegt haben. Wäre doch nett, wenn wir heute …“

„Heute kann ich nicht!“

„Was?“ Jetzt spielte sie das enttäuschte Frauchen.

„Ich dachte, Sie würden sich freuen, sich mit uns zu treffen. Übrigens habe ich auch meinen Tanga-Bikini im Koffer. Soll ich den heute Abend zeigen?“

„Ja. Äh. Mal sehen … ich schau mal in meinem Kalender nach … also heute habe ich eine Wattführung, … gegen Abend mit ablaufendem Wasser. Danach vielleicht? Wenn es dunkel ist? So gegen elf Uhr?“

„Um elf? Ja. Dann ist es in der alten Kirche am schönsten! Findet Ilona übrigens auch. Sie steht gerade frisch geduscht vor mir. Sie sollten sie jetzt sehen!"

„Äh. Ich sehe gerade, dass es vielleicht auch etwas früher geht. Vorher habe ich einen geschäftlichen Termin, den ich abkürzen kann."

„Das ist ja furchtbar nett! Ich bringe die Getränke mit. Soll ja gemütlich werden, nicht wahr?" *Ich muss aufpassen, nicht zu dick aufzutragen,* ermahnte sie sich. *Ein bisschen heiß machen, mehr nicht.*

„Ich denke, dass wir es … nett miteinander haben werden." Seine Stimme bebte ein wenig. Jetzt hatte sie ihn!

„Also, bis dann. Wir freuen uns schon sehr", hauchte sie. Dann legte sie grußlos auf. Sie stieß triumphierend eine Faust in die Luft. Ja!

Ilona hielt sich immer noch im Bad auf. Warum brauchen Frauen ständig so lange? Egal, so hatte sie die Gelegenheit, das Spezialgetränk kühl zu stellen. An Plastikgläser hatte sie auch gedacht. Die konnten dann problemlos entsorgt werden. Als sie der Meinung war, dass alles vorbereitet war, kam Ilona frisch geschminkt aus dem Bad.

„Hey! Schon fertig?", fragte Franziska augenzwinkernd. Auf ihrem Weg ins Bad gab sie Ilona einen Klaps auf ihren süßen Po, den sie ihr keck entgegenstreckte.

Nach dem Frühstück schlenderten sie zum Anleger und setzten sich auf die Holzbohlen. „Ich habe vorhin mit Wolters telefoniert", informierte Franziska ihre Partnerin. „Du solltest dann dein kurzes Kleid, das rote mit dem Oberteil aus Spitze, anziehen."

„Nur das Kleid?", fragte Ilona mit einem Augenzwinkern.

„Nur das Kleid", bestätigte sie.

„Okaaaaaay." Dabei zog Ilona die letzte Silbe zweideutig in die Länge.

Sie ging mit ihr die Einzelheiten durch, immer mit einem kurzen Blick auf die Hallig. Man wusste ja nie, wer in Hörweite herumstromerte. Die Tagesgäste hielten sich jetzt am Strand oder in der Bar auf. Der eine oder andere flitzte mit einem der E-Bikes herum. Die nächste Fähre wurde erst am Nachmittag erwartet, sodass sie ungestört ihren Plan durchgehen konnten.

Träge schwappten die Wellen an die mit Steinen bewehrte Uferböschung. Schwalben segelten halsbrecherisch durch die Hitze. Ein strahlend blauer Himmel wölbte sich über das Wattenmeer. Und zwei Frauen schmiedeten einen Plan, wie man einen Menschen spurlos verschwinden lassen könnte.

Gegen Mittag war der Plan perfekt, es gab nichts mehr zu sagen. Hand in Hand machten sich zwei sommerlich gekleidete Frauen schweigend auf den Weg zurück zum Haubarg. Anstandshalber zogen sie sich zum Mittagessen etwas weniger Auffälliges an.

An der Außenbar saß ein Mann, völlig umpassend in schwarzen Jeans und schwarzem Shirt. Im Nacken baumelte ein Zopf. Ilona rümpfte ihre süße Nase. Komischer Typ. Er unterhielt sich gerade mit dem Barkeeper und nuckelte an einem Longdrink. Sicher ein Tagesgast, dachte sie, der keine Lust hatte, bei der sengenden Hitze herumzulaufen. Die Frau und Kinder tummelten sich höchstwahrscheinlich am Strand, und Papi wartete, bis er nach Hause durfte.

Sie setzen sich an einen der Tische und bestellten eine Kleinigkeit. Als sie dann schweigend ihren Lunch aßen, hörten sie, dass es an der Rezeption laut wurde. Das kümmerte die beiden nicht. Ging sie nichts an.

Der Typ von der Bar stand auf und ging an ihnen vorbei, ohne sie zu beachten. Seltsamer Bursche, dachte Franziska. Jeder andere hätte sie angestarrt.

Nach dem Lunch legten sie sich auf eine der Liegen am künstlich aufgeschütteten Strand. Schirme spendeten genügend Schatten, um gefahrlos eine Weile vor sich hindösend dem Treiben der Tagesgäste zuzuschauen. Von einer einschläfernden Lounge-Musik eingelullt, bemerkten sie nicht, wie sich der Strand leerte. Mütter packten ihre quengelnden Kinder und verließen hastig die Badestelle.

Erst als es spürbar kühler wurde, schlugen sie ihre Augen auf. Ganz weit hinten am Horizont sahen sie einen schwarzen Strich. Ein leichter Wind kam auf und ließ sie frösteln. Sie nahmen erst jetzt wahr, dass sie die Einzigen im Strandbereich waren. Sämtliche Standkörbe und Liegen unbenutzt, der Barkeeper hatte seine Getränke und Barutensilien weggeräumt. Im inneren Restaurantbereich wurde fürs Abendessen gedeckt.

Das Leben im Urlaub schien nur aus Essen und Schlafen zu bestehen. Kaum hatte man sich vom Frühstückstisch erhoben, konnte man sich auch schon wieder setzen, weil es Zeit für das Mittagessen war. Franziska genoss diesen Rhythmus. Ihrer Frau war es mehr oder weniger egal. Der Alltag war schon anstrengend genug. Warum also hetzen im Urlaub, war ihre Devise.

Außerdem würden sie heute Nacht genügend Spaß haben. Sie freute sich ernsthaft, ihrem Leben eine Perspektive geben zu können. Ilona machte nur mit, weil sie ihr blind vertraute.

Jetzt wurde es deutlich kühler. „Komm, wir gehen uns umziehen für das Abendessen“, forderte sie ihre Frau auf.

Beim Abendessen trafen sie den schwarz gekleideten Typen zum zweiten Mal. Absolut unpassend, mit seiner Lederjacke. Aber er hatte zumindest geduscht. Das roch man. Erneut schien er sie nicht zu bemerken. Allerdings sah er unübersehbar mehrmals zu einer Dame, die am Fenster saß.

Offensichtlich waren heute die Hotelgäste unter sich. Konnte ihnen recht sein. So gab es weniger potenzielle Zeugen. Sie bestellten beide einen Krabbenauflauf mit Salat. Als sie beim Dessert waren, wurde es schwarz. Stromausfall.

Als Franziska ihre Verabredung zusammenbrechen sah, war ihr einziger Gedanke, dass jemand ihnen freundlicherweise die Arbeit abgenommen hatte.

Hotel

Zweiter Tag nach dem Unwetter

09:00 Uhr

Am Morgen nach der kleinen Feier saß ein schweigsamer Onne neben einem ebenso schweigsamen Husumer Kommissar und schlürfte seinen Kaffee. Während der malende Schafhirte einen Kater hatte, jedes laute Geräusch ließ ihn zusammenzucken, war Kolle aus einem anderen Grund nicht zum Reden aufgelegt: Er konzentrierte sich auf seine Arbeit. Verschiedene Dinge gingen ihm im Kopf herum, die heute zwingend erledigt werden mussten.

Das Erste war, dass die Kollegen der Spurensicherung und die Techniker des Labors gleich eintreffen würden. Daran würde sich der übliche Verhörmarathon anschließen. Onne konnte ihm sicher einiges abnehmen, die Verhöre und Gespräche musste er aber persönlich bewältigen. Er dachte speziell an die Koch und die Schneider sowie an das Ehepaar Sievertsen. Maybach spielte eher eine Randfigur, genauso wie seine Frau.

Christa Hansen bildete eine Ausnahme. Aalglatt und ein diplomatisches Genie auf ihrem Gebiet. Für einen lukrativen Vertrag gehen solche Leute oft über Leichen. Oben auf seiner Liste standen das Ehepaar Sievertsen, an zweiter Stelle Frau Hansen und ganz unten Maybach sowie das lesbische Paar. Aus Erfahrung wusste er, dass sich diese Liste prompt verändern konnte.

Lührssen hatte im Bericht erwähnt, dass das Giftgemisch etwa eine bis zwei Stunden vorher verabreicht worden sein musste. Also später Nachmittag oder früher Abend, folgerte Kolle.

Wer hatte ein Motiv, die Gelegenheit und das Gift zur Verfügung? An das Rizin zu gelangen war simpel. Jeder Onlineshop verkaufte Samen dieser Pflanze. Rizin aus zehn Samen für knapp drei Euro wären ideal, um ein Kind zu töten. Das Problem war die Verabreichung. Und eine Bestellung konnte man bis zum Täter verfolgen. Diesen Gedanken notierte er sich sofort in seinem Tablet.

„Du kannst auch nicht ohne Daddelapparat." Onne war offensichtlich halbwegs wieder unter den Lebenden und sah interessiert auf das Display.

„Nein. Bei der Arbeit hilft das Ding, seine Gedanken zu sortieren, ohne dass lose Blätter herumfliegen. Und ich muss nicht jeden wegen eines Stiftes oder eines Stücks Papier anbetteln."

Bei diesen Gedanken musste er grinsen. In vielen Krimis, die er noch aus den Achtzigern und Neunzigern kannte, gab es Polizisten, denen entweder der Bleistift abgebrochen war oder der Notizblock im Büro vergessen wurde. Als Kontakthilfe zu Verdächtigen war das sicher von Vorteil. Dem hilflosen Polizisten vertraut man eher als dem schneidigen Bullen, der auf keinen Fall um Hilfe bat.

Heute gab es andere Mittel, ein Verhältnis zum Verdächtigen aufzubauen.

Er informierte Onne darüber, welche Gedanken ihn in Bezug auf die Tat beschäftigten.

„Einen Garten am Hotel? Ja. Aber eher so eine Art Bauergarten. Mit Stockrosen und blühenden Stauden."

„Kann ich ja immer noch überprüfen. Wichtig sind die Vernehmungen. Dabei könntest du mir assistieren."

„Ja, Chef!"

„Wir benötigen die Kamera mit Mikrofon."

„Wird erledigt!"

„Es ist gleich neun Uhr. Wir gehen jetzt zum Landeplatz und warten auf die Infanterie."

„Infant? Seine Majestät, der Prinz? Oder kommen Kinder?"

„Ja, so ungefähr. Alle tragen die gleichen Strampelanzüge und spielen Navy CIS."

Als die Gäste, sichtlich zerschlagen und mit roten Augen, sich zu ihren Stühlen schleppten, begrüßte Kolle jeden mit Vornamen. Franziska und Ilona sahen dabei noch recht frisch aus. Kurt und Heidi dagegen ging es offensichtlich schlecht. Familie Maybach und Christa ließen auf sich warten. Er plauderte über den Abend und sah dann theatralisch auf seine Armbanduhr.

„Meine Güte! Ich muss ja los!", rief er übertrieben erschrocken. Mit einem fröhlichen „Bis später dann!" verabschiedete sich Kolle.

Sie kamen mit zwei Helikoptern. Vierzehn Spezialisten und absolute Experten auf ihrem Gebiet.

Es lief wie eine erstklassig organisierte Aktion ab. Synchron setzten die Bundeswehrhubschrauber nebeneinander auf. Gleichzeitig mit Grundberührung flogen die Türen auf und acht Männer und sieben Frauen sprangen aus den Maschinen. Kisten wurden entladen und seitlich am Helikopterplatz aufgestapelt. Das alles dauerte keine zehn Minuten, dann hoben die Fluggeräte ab und verschwanden in einem eleganten Bogen Richtung Festland.

Onne war begeistert. Kollerup kannte solche Showaktionen für die Presse bereits aus der Vergangenheit. Der Chef der weißen Truppe war ein Kumpel von ihm: Thore Carstensen. Groß, schwer und mit einer Wampe ausgerüstet, die er stolz vor sich herschob. Sie kannten sich seit ihrer Zeit an der Polizeischule. Kolle blieb Polizist und Thore schlug die Laufbahn als Spurensicherer ein. Nun war Carstensen Leiter der Spurensicherung und der kriminaltechnischen Abteilung. Auch wenn er es nicht nötig hatte, an Tatorten herumzuwühlen, ließ er es sich nicht nehmen, bei besonders verlockenden Fällen am Tatort dabei zu sein. Dieses schien für ihn so ein Fall zu sein.

Wortlos gaben sie sich die Hände und Kollerup stellte Onne als seinen Assistenten vor. Dann setzte er Thore ins Bild. Der Herr der Overalls rief seine Leute zusammen, erklärte ihnen die Situation und teilte seine Leute auf. Bevor sie ihrer Arbeit nachgehen konnten, mussten sie eine provisorische Zentrale aufbauen. Thore hatte auch ein entscheidendes Papier dabei: Einen richterlichen Durchsuchungsbeschluss für die Hallig. Kolle traute seinen Augen nicht. Für eine komplette Hallig! Aber das war nur logisch, da sämtliche Gebäude Budnik gehörten und somit die Hallig in Privatbesitz war.

Nach einer kurzen Inspektion der Räumlichkeiten des Hotels, entschieden sie sich für den Fitnessraum. Ein funktionsfähiges Feldlabor wurde aufgebaut, um erste Ergebnisse vor Ort exakt zuordnen zu können.

Als alles so war, wie es sein sollte, gab es eine Lagebesprechung, in der die Verantwortlichen für die Aufgaben benannt wurden. Sechs Beamte wurden für die Durchsuchung der Zimmer eingeteilt, vier wurden zur Kirche geschickt und weitere vier sollten sich das Wohnhaus vornehmen.

„Also dann! Die Beweise warten!", rief Thore und klatschte in die Hände.

Thore und Kolle gingen gemeinsam mit ihrer kleinen Abordnung zum Haus der Angestellten. Als sie vor der Tür des Appartements standen, in dem der Tote gewohnt hatte, schlüpften sie in die Overalls. Kolle kontrollierte sein provisorisches Siegel. Niemand hatte das Zimmer betreten. Sie öffneten die Tür und betraten eine Welt, die sie nicht erwartet hätten.

Hotel

Der Tag des Unwetters

10:00 Uhr

Kurt und Heidi verbrachten den Vormittag mit den Vorbereitungen für ihr Vorhaben. Am Nachmittag wollten sie an der Wattwanderung teilnehmen und damit beginnen, Wolters dazu zu bringen, sich mit ihnen in der nächsten Woche zu treffen. Man musste sich Zeit nehmen, damit die geplanten Maßnahmen gegen ihren Verwandten eine tiefgreifende Wirkung erzielen können. Es sollte ihn zerstören, so wie er ihre Tochter zerstört hatte. Aber es durfte keinen Hinweis auf ihre Täterschaft geben. Die Rache sollte perfekt sein.

Nach dem Mittagessen legten sie ein Mittagsschläfchen ein, wie sie es seit ihrer Pensionierung taten. Eine halbe Stunde dösen, kurz die Augen schließen. Während sie an die Decke starrten, hielten sie sich an den Händen. Und dann kamen die Erinnerungen.

*

Sie wohnten damals noch in Mildstedt bei Husum.

Ihre Tochter war in einer Novembernacht mit dem Fahrrad unterwegs von einer Freundin nach Hause. In einer Kurve geschah es. Ein Auto erfasste sie und schleuderte das Mädchen in einen Graben. Sie war sofort tot, wie der Notarzt später den Eltern versicherte.

Jahre später erfuhren sie, dass Wolters dafür verantwortlich gewesen sein musste. Auf einer Hochzeitsfeier eines Verwandten erzählte Kai von einer durchzechten Nacht in irgendeiner Musikkneipe. Er habe sich wie selbstverständlich als Fahrer angeboten, um alle nach Hause zu fahren. Dabei habe er nur kurz die Kontrolle verloren und landete im Graben. Er und seine Freunde schoben das Auto wieder auf die Straße und fuhren weiter. Dass sie einen Menschen getötet hatten, bemerkten sie nicht.

Die Sievertsens erkundigten sich höflich und erfuhren, dass alles übereinstimmte. Der Tag, die Zeit und der Ort des Unfalls.

Kai Wolters hatte ihre Tochter getötet.

Sie hatten einen Wecker gestellt, so wie immer. Aber sie fielen in einen tiefen Schlaf und überhörten das Wecksignal.

Später als geplant, es war bereits früher Nachmittag, schreckte Kurt auf und weckte Heidi. Nach einer kurzen Besinnungspause zogen sie sich für die Wattwanderung um.

An der Bar tranken sie gerade einen Kaffee, als sie erfuhren, dass die Tour ausfallen musste.

Ratlos standen sie im Trubel der abreisenden Gäste und wussten nicht, was zu tun sei. Sollten sie auch abreisen?

Im Fernseher, der an der Wand hinter der Rezeption hing, war ein Nachrichtensender eingestellt, auf dem die neuesten Meldungen liefen. Ein Unwetter war im Anzug. Auf der britischen Insel gab es offensichtlich erhebliche Schäden durch einen Tornado, dessen Größe nicht vorhersagbar gewesen war. Jetzt sei er auf dem Weg über die Nordsee, direkt zur Westküste Schleswig-Holsteins. Kurt konnte es nicht fassen! Wegen eines läppischen Sommersturmes so eine Aufregung?

Bilder von zerstörten Kaianlagen mit gestrandeten Schiffen folgten nun, die von den Wellen auf die Pier geworfen worden waren. Abgedeckte Häuser und zusammengestürzte Holzbauten. Hätte er nicht gewusst, dass es die englische Küste war, hätte er an Texas oder einen der Südstaaten am Golf von Mexiko gedacht. Exakt die gleichen Bilder gab es immer, wenn ein Hurrikan über die USA zog. Aber dieses Mal es war direkt vor der europäischen Haustür.

Sie waren absolut ratlos, wie sie nun vorgehen sollten.

„Vielleicht wäre es das Beste, das Ganze auf nächste Woche zu verschieben", resignierte Kurt.

Heidi nickte zustimmend und sagte: „Er läuft uns ja nicht davon."

Als sie vor die Tür des Hotels traten, erblickten sie Wolters, der in diesem Moment in Richtung Wohnhaus der Angestellten ging. *Stimmt,* dachte Heidi, *er läuft uns nicht fort.*

Sie beschlossen, ein wenig am Strand zu faulenzen und auf das Abendessen zu warten. Bis zum Abend hatten sie noch vier oder fünf Stunden. Eine Gelegenheit, ein gutes Buch zu lesen. Sie betraten den Haubarg über die hintere Tür und als sie am Fitnessraum vorbeikamen, wurden sie Ohrenzeuge eines Streits. Scheinbar ging es um eine Beziehung.

Eine weibliche Stimme war zu hören, ziemlich wütend.

„Dieses Schwein! Ich werde ihn zwingen, dafür zu bezahlen!"

„Was willst denn machen, Nele? Ihn verklagen? Der lacht dich nur aus", antwortete ihr eine männliche Stimme.

„Ich weiß, Jan-Ole. Ich habe mir da auch schon etwas ausgedacht. Wenn er sich weigert, hänge ich das an die große Glocke! Jeder soll wissen, was das für ein Mensch ist!"

„Wann wolltest du dich mit ihm heute treffen?"

„Nach dem Abendessen, aber er hat mich angerufen und gesagt, er hätte keine Zeit und wolle das morgen mit mir besprechen. Aber ich muss es heute machen! Ich werde sonst verrückt! Warum ich mich mit Wolters eingelassen habe, ist mir heute ein Rätsel. Ich war so was von blind!"

„Vielleicht sollte ich ...?"

„Nein! Das muss ich alleine durchziehen."

„Aber ich kann dir helfen!"

„Nein. Ich will dich nicht in die Sache hineinziehen."

„Nele, was immer du auch geplant hast, ich halte zu dir."

Nach einer Pause hörten sie Nele wieder.

„Na, dann … ich weiß ja nicht … am besten wäre, wenn er ganz verschwinden würde. Du könntest mir dabei helfen, ihn ins Wasser zu werfen. Der Rest wird dann von der Flut erledigt."

„So machen wir das" antwortete Jan-Ole. „Ruf mich an, wenn du zu ihm gehst."

„Wir sollten wieder nach vorne gehen. Sonst fallen wir auf."

Kurt und Heidi machten, dass sie weiterkamen. Nicht zu spät! Als sie die Treppe zum ersten Stock erreichten, verließen Jan-Ole und Nele den Haubarg durch den Hintereingang.

Kurt flüsterte Heidi zu: „Hast du das gehört? Wolters!"

„Wir sollten mit Nele reden", entschied Heidi.

„Ja. Gehen wir", bestätigte Kurt entschlossen.

Hallig

Der Tag des Unwetters

17:00 Uhr

Nele war in ihre hasserfüllten Gedanken derart vertieft, dass sie erschrocken zusammenfuhr, als sie von hinten einen Ruf vernahm.

„Nele! Moment mal!"

Die Sievertsen. Erleichtert atmete sie auf, sie hatte schon befürchtet, dass es die Chefin war.

„Moin, Frau Sievertsen!" Sie lächelte automatisch. Das hatte sie gelernt. Zeige nie deine Gefühle, wenn es um den Gast geht, hatte man ihr beigebracht. Schließlich ist der Gast König.

„Nele … ich … wir beide", dabei wies sie auf ihren Mann, „möchten uns gerne in Ruhe ungestört mit Ihnen unterhalten. Wäre das möglich?"

„Um was geht es denn?", wollte Nele wissen.

„Können wir das nicht irgendwo besprechen, wo wir ungestört sind?" Kurt Sievertsen schaute sich besorgt um, und Nele hatte das Gefühl, dass es von Bedeutung sein könnte.

„Na gut. Kommen Sie."

*

„Kaffee, Tee?", fragte sie, als das Paar sich auf die ihnen angebotenen Sessel setzen. Als die beiden ablehnten, nahm sie auf einem Stuhl Platz.

„Na, was gibt es Wichtiges?"

Heidi kam sofort auf den Kern ihres Anliegens zu sprechen: „Es geht um Wolters."

Nele zuckte zusammen. „Was ist mit dem?"

Das Ehepaar sah sich kurz an und Kurt sagte entschlossen: „Wir wollen, wie Sie, Rache."

Das ist ja eine bizarre Situation! Sie schluckte mehrmals und brachte mit Mühe ein heiseres „Wie bitte?" heraus.

Dann erklärten ihr die Sievertsens, dass sie zufällig gehört hatten, wie sie sich mit Jan-Ole unterhalten habe.

Dann erzählten sie ihr die Geschichte vom Tod ihrer Tochter, und wie sie auf den Schuldigen durch Zufall gekommen waren.

Nele ging die Geschichte nahe und sie verdrückte eine Träne, als sie daran dachte, was Wolters den Menschen angetan hatte. Und dann sprudelte es aus ihr heraus.

Wolters war nicht immer das Ekelpaket gewesen. Er konnte sehr nett sein und hatte gewusst, was Frauen mochten. Auch wenn er nicht wie der typische Frauenheld aussah, so hatte er eine charismatische Persönlichkeit, konnte Charme versprühen. Viele Frauen mochten das. In einer schwachen Minute, sie hatte sich gerade von einem Freund getrennt, erlag sie seinem Werben. Nur eine Nacht!

Später habe sie seinen wahren Charakter erkannt, als sie ihm gesagt hatte, dass sie schwanger sei. Er wurde wütend und hatte sie angebrüllt, dass sie das absichtlich gemacht habe. Er würde niemals seine Vaterschaft anerkennen. In seinem Alter! Dann trennten sich ihre Wege, so gut es in der kleinen nordfriesischen Inselwelt ging.

Das war vor einem Monat, als sie ihre Schwangerschaft vom Arzt bestätigt bekam. Sie war hin- und hergerissen, ob sie es abtreiben lassen sollte oder nicht. Einerseits wollte sie es haben, auf der anderen Seite hatte sie Angst vor der Zukunft. Ohne finanzielle Unterstützung von Wolters konnte sie keine rosige Zukunft für sich erkennen. Oft genug hatte sie von Frauen in einer ähnlichen Situation erfahren, deren

Leben nicht selten mit Selbstmord endeten. Sie war am Boden zerstört. Heute wollte sie sich mit ihm treffen und Rache üben, weil er ihr Leben zerstört hatte.

„Und wie haben Sie sich diese Rache vorgestellt?", fragte Heidi.

„Gift", sagte Nele. „Ich habe mir Gift besorgt."

Angestelltenhaus

Zweiter Tag nach dem Unwetter

11:00 Uhr

Als die Beamten das Zimmer betraten, trauten sie ihren Augen nicht.

„Haben wir uns im Zimmer geirrt?", fragte Thore.

„Absolut nicht." Kolle war sich sicher: das musste das richtige Zimmer sein. Der elektronische Türöffner kann nur die eine Tür öffnen, für die er programmiert wurde.

Wolters war Junggeselle und in einer solchen Männerwirtschaft erwartete jeder einen gewissen Grad an Unordentlichkeit. Kolle wusste aus eigener Erfahrung, wie es in einem Männerhaushalt aussehen konnte. Schmutzige Wäsche auf den Sesseln, gebrauchte Handtücher im Bad, leere Bierdosen im Regal wären normal gewesen. Zumindest in einer ordentlichen Junggesellenbude sollte üblicherweise in der Kochnische benutztes Geschirr vom Vortag stehen.

Aber Wolters schien in dieser Beziehung nicht dem Klischee zu entsprechen. Schlimmer noch: Das Appartement war das Musterbeispiel eines Pedanten. *Klinisch rein,* dachte Kollerup, *würde es genau treffen.* Der Boden makellos poliert. Die Küchenzeile schien erst gestern neu eingebaut worden zu sein. Auch in der gemütlichen Sitzecke lag alles so, als ob Wolters mit Lineal und Wasserwaage Zeitschriften, Bilder und Kissen exakt ausgerichtet hätte. Selbst der quadratische Glastisch stand genau in der Mitte zwischen der Couchecke und den zwei Sesseln. Die Bücher im einzigen Regal waren nach Größe und Farbe des Einbands sortiert. Eine moderne

Version eines Musterappartements aus dem Magazin *Schöner leben mit Ordnung.*

Den Kollegen sah man es an, dass sie es hassten, hier nach Spuren zu suchen, denn es war nie leicht, in einer derart gereinigten Wohnung Verwertbares zu finden. Aber Thore fand, dass man mit den Herausforderungen des Lebens nur wachsen konnte. Also machten sie sich ans Werk.

Kolle zog an einer Kommode eine Schublade nach der anderen auf. Wie erwartet. Sorgfältig gefaltete Wäsche. Im Schrank daneben, Hemden, Jacken und Hosen auf Bügeln. Das Bad war ein Meisterstück jeder Keramikabteilung im Baumarkt. Selbst die zusammengelegten Handtücher im Wäscheregal waren nach Farbe sortiert. Kolle musste nicht nachdenken. Der Hauptkommissar wusste ganz genau: Wolters hatte zu Lebzeiten ein Problem.

Ein Ruf aus dem Wohnzimmer lockte ihn zurück. Onne, in einem Overall, der ihn noch kleiner erschienen ließ, stand mit einer Flasche in der erhobenen Hand vor der Multimediawand.

Es war eine leere Flasche Wodka einer Marke, die es nicht unter 30 Euro zu kaufen gab. Kolle sah ihn strafend an. Sein Assistent wusste es nicht besser, weshalb er es ihm verzieh, die Flasche vom Fundort entfernt zu haben. Thore stellte die Flasche vorsichtig auf den Couchtisch und bearbeitete sie mit einem Pulver. Dann nahm er eine Lupe und untersuchte die Flasche. „Nichts", seufzte er. Anschließend wanderte sie, in einer Zippertüte geschützt, in die Kiste für gesichertes Material.

Kolle nahm sich den Schreibtisch vor. Ein zerbrechlich aussehendes Möbelstück. Sehr modern, aus verchromten Stahlelementen und einer dicken Glasplatte. Ein Telefon sowie ein Notebook. Das war alles, was auf dem Tisch lag. Kein Notizblock, selbst die Schreibunterlage war makellos. Vom Rollcontainer auf dem Boden öffnete er jede Schublade. In der untersten fand er unbeschriebenes Briefpapier mit dem Hotel-Logo. War zu erwarten, sagte er sich.

Dann klappte er das Notebook auf. Er wartete, bis ein Techniker es auf Spuren untersucht hatte. In der Zwischenzeit sah er nach, welche Anrufe der Tote erhalten hatte. Der Anrufbeantworter war so jungfräulich wie eine neu installierte Anlage. Der Speicher der zuletzt erhaltenen Anrufe enthielt eine einzige Nummer. Er zog sein Handy hervor und rief Larsson in der Husumer Zentrale an.

„Moin, Chef", meldete der sich sofort nach dem zweiten Rufzeichen.

„Sagen Sie mal, Larsson, das Handy des Toten … wurde das schon untersucht?"

„Jepp."

„Und?"

„Nichts. Bis auf die letzte gewählte Nummer, einer Franziska Koch gehört der Anschluss, war nichts gespeichert."

„Danke", Kolle unterbrach das Gespräch grußlos.

Jetzt nahm die Truppe sich die Küche vor. Im Kühlschrank lagen zehn Flaschen des Wodkas, den Onne im Wohnbereich gefunden hatte. Sonst nichts. In der Spülmaschine standen drei saubere Gläser. Trotzdem wurden sie auf Fingerabdrücke untersucht. Auf einem wurden sie fündig. Daumen und Zeigefinger. Thore sagte sofort, dass sie so klein seien, dass sie entweder von einer Frau oder einem Kind stammen könnten. Das Glas wurde ebenfalls eingetütet.

Dann durfte er an den Laptop, weil – so die Kollegen – das Gerät scheinbar eine Grundreinigung hinter sich hatte. Er klappte das Oberteil auf und schaltete ihn ein. Natürlich aufgeräumt. Aber in dem Fall war Kolle dankbar, denn so fand er alles Relevante für den Fall sehr schnell.

Auf seine Frage, ob er den behalten dürfe, winkte Thore ab. „Klar, wenn es der Wahrheitsfindung dient."

Er fand, dass er genug gesehen hatte. Er konnte sich nun ein Bild des Toten machen. Mit einem Wink gab er Onne zu verstehen, dass sie gehen wollten.

„Lagebesprechung, Onne. Thore, bitte ruf mich an, wenn ihr was Wichtiges findet. Ein Geständnis oder so."

*

Sie gingen gemeinsam zum Hotel in ihr provisorisches Büro und bestellten zwei Liter Kaffee und Kekse. Das war Onnes Idee. „Ich könnte töten für Kekse!", war sein Kommentar.

„Na ja,", sagte Kolle, „wenn es der Wahrheitsfindung dient, bitte gerne."

„Aber dann möchte ich diese Waffelkekse haben", präzisierte er Onnes Wunsch.

Als sie die gewünschten lebenserhaltenden Dinge bekamen, ging Kolle sofort an die Arbeit.

„Diese schöne weiße Wand dort", er wies auf die Wand am Kopfende des Bettes, das, wie alle Betten in den Zimmern, ein Doppelbett war, und fuhr fort: „... ist unsere Orga-Wand."

Er nahm einen dicken Filzstift in die Hand und krabbelte auf das Bett und stutzte. Die schöne Wand! Dann schrieb er nach einem Achselzucken den Namen des Toten in die Mitte der Wand.

Für Onne war das nichts Besonderes, hatte er doch schon mehrmals in seinem Haus in Schobüll spontane Ideen als Skizze an die Wand gekritzelt. So beobachtete er mit Interesse den Husumer Künstlerkollegen, wie der die Wand „verschönerte".

Mit dem Stift in der Hand dirigierte Kollerup ihre gemeinsamen Gedanken.

„Der Tote hatte Beziehungen zu Sievertsens und Christa Hansen. Außerdem stand er, wie wir von Maybach selbst wissen, mit dem Ingenieur in Kontakt." Er schrieb die Namen der genannten untereinander an die rechte Seite der Wand.

„Um etwa vier Uhr kommt Wolters auf die Hallig." Er zog einen Kreis um den Namen des Toten. Dann teilte er den

Kreis in zwölf Bereiche, indem er am Umfang zwölf Punkte markierte.

„Eine Uhr!", rief Onne.

Bei etwa vier Uhr zog Kolle einen Strich schräg nach unten und beschriftete ihn mit „Ankunft auf der Hallig".

Links in der Mitte, auf neun Uhr, zog er ebenfalls einen Strich. „Wolters starb um exakt neun Uhr abends." Der Strich wurde mit dem Wort „Tod" markiert.

„Unsere Aufgabe ist es, herauszufinden, was er zwischen vier Uhr nachmittags und neun Uhr abends gemacht hat. Wo war er und wer war bei ihm?"

„Weil er vermutlich in dieser Zeitspanne vergiftet wurde", konstatierte Onne und fügte hinzu: „Außerdem müssen wir wissen, wo Heidi Sievertsen, Christa Hansen und Frank Maybach in der Zeit waren." Kolle war stolz auf seinen Assistenten.

„Genau."

Onne war nicht mehr zu bremsen, als er rief: „Wer hatte also die Gelegenheit, ein Motiv und natürlich die Waffe. In unserem Fall das Gift!"

Kolle war sprachlos.

„Wir nehmen uns also diese drei als erstes vor." Kollerup kreiste die Namen einzeln ein. Er sah auf die Uhr.

„Nach dem Mittagessen."

„Welches Motiv hätte jemand, den Wolters zu vergiften?", fragte Onne.

„Na, ganz einfach." Kolle hob die Hände und zählte an den Fingern auf.

„Gift ist in fast allen Fällen die Waffe einer Frau. Man braucht keine Kraft. Man muss mit einem körperlich überlegenen Gegner keinen direkten körperlichen Kontakt aufnehmen. Gift ist ein sanfter Mörder. Eine Messerattacke kann abgewehrt werden. Ein Schlag mit einem Gegenstand erfordert Kraft. Eine Schusswaffe ist schwer zu bekommen, macht höllischen Lärm und der Rückstoß führt, bei einer ungeübten Person, zu Fehlschüssen, wenn man die Waffe nicht direkt an den Kopf halten würde. Aber dazu bedarf es einer gewissen Kraft, weil das Opfer sich wehren würde." Kolle hielt jetzt zehn Finger in die Höhe.

„Aber Gift kann natürlich auch von Männern benutzt werden!", wandte Onne ein.

„Klar", bestätigte Kollerup. Er konzentrierte sich wieder, als er weiterredete.

„Aber ich war ja noch nicht fertig! Das Motiv, wenn das Gift von einer Frau verabreicht wurde, kann nur ein typisch weibliches sein."

„Na, na", Onne wackelte strafend mit dem Zeigefinger. „Da solltest du vorsichtig sein. Auch Männer haben oft weibliche Motive, könnte ich mir vorstellen. Und was sind eigentlich typisch weibliche Motive? Haben Frauen nicht auch oft, ich denke da an meine Ex-Frau, Habgier oder Rache als Motiv?"

Kolle streckte seinem Assistenten beschwichtigend die Handflächen entgegen, als er sagte: „Ich dachte da eher an Eifersucht, Rache wegen verschmähter Liebe, oder an Frauen, deren Männer fremdgegangen sind. Aber, ich gebe zu, dass auch Habgier in unserem Fall als Motiv gelten könnte."

„Affekt können wir sicher ausschließen." Das war ein sehr guter Gedanke, fand Kolle. Sein Assistent entwickelte sich schnell zu einem Ermittler. Erstaunlich.

„Stimmt. Wer sich Gift besorgt, um gezielt jemanden damit zu töten, oder zumindest billigend den Tod in Kauf nimmt, handelt nicht im Affekt."

Er sah zur Wand. Am Namen des Ingenieurs hängte er ein Fragezeichen an.

„Gift ist eher keine Männerwaffe", rechtfertigte er sich.

„Als erstes vernehmen wir Heidi und Kurt. Weil", er zählte auf, „sie die Gelegenheit hatte. Ihr mögliches Motiv, Rache, scheint mir momentan am wahrscheinlichsten. Nur ist die Frage, warum sollte sie den Wolters ermorden? War er der Todesfahrer?"

„Möglich wäre es", sinnierte Onne.

„Ja, möglich. Aber warum haben die Sievertsens erst jetzt beschlossen, den Wolters umzubringen, falls …", Kolle hob seine Stimme, „Wolters der Fahrer des Wagens war."

„Verstehe. Zu viele offene Fragen. Stand denn in den Unterlagen nichts darüber?"

Kolle schüttelte den Kopf. „Nein."

„Und die anderen Dossiers der Verdächtigen? Was geben die her?", fragte Onne.

„Die Einzige, die außer diesen drei in Frage käme, wäre die Franziska", antwortete der Kommissar und bat seinen Assistenten um die Unterlagen. Er blätterte, bis er die entsprechende Stelle fand.

„Aha, hier: Die Koch arbeitet nebenberuflich als staatlich geprüfte Wattführerin."

„Dann hätte die Koch doch auch ein Motiv!", wandte Onne ein.

„Welches?", fragte Kolle und setzte hinzu: „Weil der Schlick auf Wolters Route kostbarer ist als der auf ihrer?"

„Nein, weil es bestimmte Routen im Wattenmeer gibt, die ein Wattführer anmelden muss. Dann darf nur er oder sie diese Route gehen." Onne war erstaunt, dass der Herr Kommissar dieses wichtige Detail als Küstenbewohner nicht wusste.

„Das würde bedeuten", Kolle hatte seine Augen geschlossen, um sich konzentrieren zu können, „dass Wolters als Konkurrent beseitigt werden musste?"

„Möglich. Noch etwas ist wichtig zu wissen: Jede Route, die attraktive Ziele ansteuert, wird mit der Zeit beliebter. Das bedeutet, dass der Wattführer mehr Geld verdient, weil mehr Touristen mitgehen wollen."

„Hatte Wolters so eine Route?"

Onne hob bedauernd die Hände. „Keine Ahnung. Ich weiß nur, dass solche Routen meistens nur durch den Tod des Inhabers der Strecke sozusagen vererbt werden können, oder andere Wattführer sie erwerben können."

Kollerup schrieb Franziskas Namen auf die linke Seite seiner Skizze an der Wand.

„Du solltest die Angestellten und die beiden Budniks nicht vergessen", erinnerte ihn Onne.

„Ja, genau. Die müssen wir uns auch noch vornehmen."

Die Namen der eben Genannten kamen ganz unten auf die Wand. Svenja, Arne, der Koch, Thore, sein Gehilfe, Maik, der Barkeeper, und Jan-Ole, der Techniker. Ziemlich viele, dachte Kolle.

„Konzentrieren wir uns zunächst auf die drei", entschied er. „Die anderen auf unserer Liste hatten zwar Kontakt zu Wolters, aber er war ja schon viele Jahre der Wattführer. Welchen Grund hätten diese Leute, ihn jetzt zu ermorden?"

„Es könnte doch sein, dass es einen Vorfall gab. Was weiß ich …" Onne ließ den Satz in der Luft hängen.

Kolle deutete auf die Wand. „Es bleibt dabei. Diese drei zuerst", dabei tippte er auf die drei Hauptverdächtigen. „Nach dem Essen."

In diesem Moment flog die Tür auf. Natürlich Bernd, der Hotelchef. Bevor er nur einen Ton herausbringen konnte, sagte Kolle, auf dem Bett stehend: „Lass mich raten! Es ist etwas passiert oder jemand möchte mich unbedingt am Telefon sprechen!"

„Es sind deine Kollegen von der Spurensicherung. Die wären dann fertig."

„Können die nicht anrufen?"

„Nein. Die sind jetzt unten in der Fitnessbu… äh, in der provisorischen Zentrale."

„Wir kommen!"

Als die beiden Ermittler im Fitnessraum eintrafen, fiel ihnen die Kinnlade herunter. Beschriftete Kunststoffkisten stapelten sich an den Wänden und auf den Tischen waren Gegenstände verteilt. Die Leute der Spusi wuselten geschäftig herum, es wurde telefoniert und wild an Laptops herumgetackert. Fragen schwirrten durch den Raum und Antworten wurden zurückgebrüllt.

Der Chef der Spusi reichte Kollerup wortlos einen Becher Kaffee und deutete an, dass er ihm etwas zeigen wolle. Auf einem Tisch lagen Aktenordner. Auf dem Rücken mit einer Buchstaben-Ziffern-Kombination beschriftet. Das war es allerdings nicht, was er ihm zeigen wollte. Auf einem aufgeklappten Notebook, es war das des Toten, sah er auf dem Monitor Fotos. Sehr intime Fotos. Sehr gut zu erkennen war die junge Dame, die ihn beim Frühstück und auf der Terrasse bedient hatte. Es war Nele!

Hallig

Der Tag des Unwetters

18:00 Uhr

Nele war entschlossen, sich zu rächen!

Nach dem Gespräch mit den Sievertsens war sie absolut sicher, das Richtige zu tun. Die beiden hatten ihr das Gift gegeben, das sie besorgt hatten, lächerlich banal in einem kleinen Plastikbecher. Sie öffnete die Wodkaflasche und veredelte ihren eigenen Giftcocktail mit der Zutat von Heidi. Dann verschloss sie die Flasche sorgfältig und rief Jan-Ole an. „Ich gehe jetzt", sagte sie und legte auf.

Auf dem Weg zu Wolters, seine Wohnung hatte einen separaten Eingang, traf sie Maybach, der gerade zum Hotel zurückging. Grußlos hastete er vorbei, er schien sie nicht bemerkt zu haben. Nele wunderte sich, was ein Hotelgast um diese Zeit mit dem Wattführer zu reden hatte.

Als Kai die Tür öffnete, grinste er dreckig.

„Na! Dann komm mal rein. Zieh dir deine Schuhe aus."

Wie in einer Abwehrreaktion hielt sie ihm die Flasche vor seinen Bauch und murmelte: „Hier. Habe ich mitgebracht. Vielleicht können wir uns in Ruhe unterhalten."

Ohne den Blick von ihr abzuwenden, nahm er die Flasche entgegen.

„Setz dich!" Die Wohnung war wie immer klinisch sauber. Kai ging in den Küchenbereich und holte zwei Gläser.

„Du trinkst doch einen mit?", rief er leutselig ins Wohnzimmer mit einer freundlichen Stimme, ganz der Gastgeber.

„Ach, du weißt doch … lieber nicht. Das Kind", rief sie entschuldigend zurück, wie ein Gast, der einen Drink ablehnt, weil er gerade unpässlich ist. „Aber du darfst mir gerne ein Wasser anbieten!"

„Wasser?" Er schien etwas von seiner Gastgeberlaune verloren zu haben. Sie hörte das Wasser rauschen, als er ihr ein Glas füllte.

„So. Erzähl doch mal! Wie geht es dir?", fragte er unschuldig. Als ob sie noch die besten Freunde wären! Ihr blieb kurz die Luft weg.

„Du weißt doch …"

Er unterbrach sie. „Was weiß ich denn?"

„Na ja. Das Kind."

„Welches Kind? Du bist doch nicht etwa schwanger! Wer ist denn der Glückliche?"

Sie traute ihren Ohren nicht. Hatten sie sich nicht erst vor kurzer Zeit gestritten und hatte er ihr nicht gedroht? Hatte sie nicht gesagt, dass er als Vater Pflichten habe? Es kam ihr wie ein Traum vor. Er nahm einen Schluck und schnalzte genießerisch mit der Zunge.

„Guter Wodka. Der Einzige! Schade, dass du das verpasst."

Er nahm noch einen tiefen Schluck und schenkte sich nach. Dieses Mal war das Glas bis zum Rand gefüllt.

Sie nippte kurz am Wasser und prostete ihm zu.

„Aber, um auf deine angebliche Schwangerschaft zurückzukommen … Ich denke, dass du es abtreiben lassen solltest. Denk mal nach! Du bist noch jung, und ein Kind versaut dir dein Leben."

„Nein, Kai. Ich will es."

Bedächtig nahm er einen Schluck und stellte sein Glas vorsichtig ab. Er beugte sich zu Nele hinüber. „Das hatten wir doch schon", flüsterte er mit finsterer Miene. Und dann tätschelte er ihre Wangen.

Sie ertrug es mit zusammengekniffenem Mund. Als ob nichts geschehen war, setzte er sich wieder aufrecht hin und trank einen großen Schluck. Dann schenkte er sich wieder nach.

„Weißt du", begann er leise, „ich habe es nicht einfach in letzter Zeit. Gerade heute ist die Tour ausgefallen. Aber ich weiß verdammt noch mal, dass die Budnik etwas im Schilde führt!"

Eine Weile sah er regungslos zum Fenster hinaus. Unvermittelt schrie er: „Und nun kommst du! Behauptest, ein Kind von mir zu erwarten!" Kopfschüttelnd stand er auf und fiel auf den Sessel zurück wie ein nasser Sack.

„Wassn das ... hassu was innen Wodda gedaan?", lallte er mit verdrehten Augen, als er in einen tiefen Schlaf fiel.

Nachdem Nele ihre Spuren beseitigt hatte, konnte sie nicht an sich halten und schlug dem Weggetretenen mit der Faust ins Gesicht. So! Das hast du davon, dachte sie verbittert. Dann rief sie Jan-Ole an. „Komm!"

Niemand bemerkte, wie Jan-Ole und Nele den Wolters gut verpackt in einem Teppich im Wagen verstauten. Die Gäste waren im Hotel und bereiteten sich auf das Abendessen vor, die Angestellten hatten Dienst. Der malende Schäfer war an der alten Kirche damit beschäftigt, seine Schafe in Sicherheit zu bringen. Jeder, der sie sah, musste denken, dass zwei Angestellte ihrer Arbeit nachgingen. Sie fuhren zum Anleger und legten den Bewusstlosen an die Wattkante. Wenn die Flut in der Nacht kommt, wird sie den Rest erledigen, sagten sie sich. Außerdem kündigte sich das Unwetter mit einer drohenden, schwarzen Wand im Westen an. Gerade als die Sonne von der Unwetterfront verschluckt wurde, es war nun merklich kühler und Windböen kündigten den Wetterumschwung an, fuhren sie wieder in die Ladebucht der E-Fahrzeuge am Hotel.

Als Nele und Jan-Ole ihren Dienst aufnahmen, fielen die ersten Regentropfen.

Hotel

Zweiter Tag nach dem Unwetter

12:30 Uhr

Kolle war sich nicht sicher, ob er Nele noch unbefangen ins Gesicht blicken konnte. Zu sehr hatten sich die Fotos in seinem Kopf eingebrannt.

Onne nahm es gelassen. Er fand, dass sich Nele durchaus sehen lassen konnte. Auch dass er nun Details ihres Körpers kannte, die kaum jemand zu sehen bekam, fand er nicht erwähnenswert.

Sie saßen im Restaurantbereich. Die Terrasse war noch nicht betretbar. Die Bar im Außenbereich existierte nicht mehr, vermutlich trieb sie gerade irgendwo auf der Nordsee herum. Tische und Stühle lagen als Sperrmüll zu einem ungeordneten Haufen aufgetürmt herum. Jemand hatte die Außentür geöffnet, um frische Luft hereinzulassen. Draußen schien die Sonne, als wollte sie durch ihr strahlendes Licht die Zerstörung auf der Hallig netter aussehen lassen. Mit geschlossenen Augen schien alles normal zu sein. Ein schöner Sommertag im Wattenmeer. Aber das vom Unwetter hinterlassene Chaos machte diesen Eindruck zunichte. Es würde wohl noch Tage dauern, bis man die gröbsten Schäden behoben hatte.

Sie aßen schweigsam, nur durch ein gelegentliches „Salz, bitte“ oder „Gib mal Pfeffer“ unterbrochen.

Kolle wusste nicht, was er aß, und als er keinen Appetit mehr hatte, schob er seinen Teller zur Seite. Ausgerechnet Nele, dachte er verzweifelt.

Er fühlte sich steinalt, als er sich erhob, um die Gäste zu informieren.

Ohne Einleitung sagte er: „Kurt und Heidi, ich möchte euch bitten, um 14 Uhr in meinem provisorischen Büro zur Verfügung zu stehen. Das ist kein unverbindliches Gespräch, sondern ihr könnt es als Vorladung zum Verhör betrachten. Die Umstände, die den Tod von Wolters betreffen, hatte ich ja bereits mehrfach erwähnt."

Er blickte unsicher zur Theke der Küche, hinter der die Küchenmannschaft versammelt war.

„Nele bitte ich, sich um 15 Uhr zur Verfügung zu halten. Dann, nach einer Pause, möchte ich um halb fünf Frank und Marianne sehen. Christa, du bist um halb sechs an der Reihe. Morgen Vormittag, nach dem Frühstück um zehn Uhr, Franziska und Ilona. Noch Fragen?"

Kollerup atmete einmal tief durch und sehnte sich nach einem Schluck Bier. Da niemand Fragen hatte, gab er Onne einen Wink, ihm zu folgen.

Sie betraten den Fitnessraum, wo sie Carstensen bereits erwartete. Jetzt, in der Pause, waren sie die einzigen hier im Raum. Thore führte sie an einen Tisch, auf dem die Akten lagen, die Kolle bereits kannte.

„Der Wolters hat aufschlussreiche Notizen hinterlassen. Gott sei Dank war er jemand, der zwanghaft Ordnung gehalten hat." Er deutete auf den vor ihm liegenden Ordner.

„Wolters hatte Kontakt zu Christa Hansen, Frank Maybach und Franziska Koch. Zur Koch hatte er zwar keine direkte, aber doch eine signifikante Beziehung als Wattführer. Offenbar war Franziska neu in der Wattführerbranche. Zu der Hansen und dem Maybach gibt es eine Verbindung im Zusammenhang mit Windkraftanlagen."

„Das ist nicht neu für mich, dass die drei in derselben Branche tätig sind beziehungsweise waren. Für Wolters gilt das ja nicht mehr."

„Das war das Wichtigste, das ich dir momentan sagen kann. Wir haben jetzt praktisch die komplette Hallig untersucht. Außer dem Haufen Abfall am Anleger. Da werden keine verwertbaren Spuren zu finden sein."

„Hattet ihr euch auch die Zimmer der Gäste vorgenommen?"

„Sicher. Bei der Koch war auch etwas dabei, das dich interessieren könnte."

Thore deutete auf einen Kunststoffbehälter.

Gemeinsam sahen sich die Beamten den Inhalt an. Eine kleine braune Glasflasche mit einer Dosierungspipette im Deckel.

„Was ist das?" Kolle hielt die Tüte ins Licht. In der Flasche schwappte eine Flüssigkeit.

„Laut der Frau Koch ein homöopathisches Mittel."

„Und?"

„Mit den Schnelltests, die wir zur Verfügung haben, nicht das, was den Wolters lahmgelegt hatte."

„Also kein Rizin oder dieses Medikament im Giftcocktail, den Lührssen gefunden hatte?"

„No, Sir. Aber ... " Kolle lauerte. Da kam immer noch was hinterher, wenn Thore seine Ergebnisse bekanntgab. *Muss eine Krankheit sein, wie bei Lührssen, wenn der „Rate doch mal!" sagt,* dachte Kolle.

„Aber", fuhr Thore fort, „es ist E605."

„Ach, Gott!", rief Kolle. „Wie retro ist das denn?"

Thore warf die Arme in die Luft und schnalzte ein „Tja!"

Hallig

Der Tag des Unwetters

20:00 Uhr

Wolters begann sich im auflaufenden Wasser zu regen. Diese Schmerzen! Sein Magen brannte höllisch. Dann realisierte er, wo er lag, während Regen in seinen geöffneten Mund fiel. Er hustete und spuckte. Mühsam und unter Stöhnen schaffte er es, sich auf den Bauch zu drehen. Röchelnd stemmte er sich mit den Armen in die steinige Böschung des Ufers. Ah! Er fühlte sich unendlich müde, aber ein Rest Verstand sagte ihm, dass er jetzt besser versuchen sollte, an Land zu kommen. Wenn dieses Brennen nicht wäre! Mit aufgestützten Armen kam ihm der Mageninhalt hoch. Er musste jetzt weg hier, sagte ihm eine innere Stimme.

Wie spät ist es? Egal. Weg hier. Seine Sinne kamen langsam zurück. Er hörte jetzt das Rauschen des Regens und das Heulen des Sturmes. Er fühlte den leichten Schmerz, als die Regentropfen vom Sturm gepeitscht gegen sein Gesicht prallten. Er schmeckte Blut im Mund.

Nach dem ersten Blitz kam ihm die Erinnerung. Nele, der Wodka und nebulöse Fetzen der Erinnerung an eine schaukelnde kurze Fahrt in einem Fahrzeug. Auch ein anderes Gesicht sah er. Jan-Ole! Dann nichts mehr.

Jetzt hatte er den Asphalt der Straße zum Hotel erreicht. Es war stockdunkel. Dort, wo er immer in der Nacht Lichter gesehen hatte, drüben auf den anderen Inseln, gab es nichts außer Schwärze. Nur am Haubarg brannte die Außenbeleuchtung. *Gut. Da musst du hin,* dachte er grimmig. Von Nele erzählen, die ihn vergiften wollte! *Dieses Aas!* Ein Schwindelanfall ließ ihn erneut zusammenbrechen. Er drehte sich auf den Rücken und atmete wieder Wasser ein und röchelte. *Los! Du musst hoch!* Er kämpfte sich wieder auf den Bauch und stemmte sich hoch. Dann stand er zitternd im Sturm. Wo war das Licht? Es war weg! Nur eine Schwärze, die absolut war. Er blinzelte. Lichtschlieren erschienen vor seinen Augen. Was zur Hölle war los?

„Du musst weiter!", rief eine Stimme. Wer war das? Hatte jemand gerufen? Nur Einbildung? Egal, weiter. Er verlor die Orientierung. Stolperte über Gras und stürzte über Zäune.

Eine unendlich lange Zeit verging. Dann der Geruch der Schafe! Er hasste Schafe, aber jetzt jubelte er innerlich. Die Kirche! In der Kirche brannte Licht. Nicht viel und nicht hell, aber es war wie der Stern von Bethlehem. Hechelnd und mit einem Grinsen im Gesicht brach er vor dem Eingang zusammen. Hier war er vor dem Sturm geschützt. Er setzte sich im strömenden Regen auf den Sandweg und erbrach sich. Eisengeschmack. Er spuckte aus. Eine Ewigkeit dauerte der Brechanfall.

Als er sich etwas erholt hatte, raffte er sich auf. Zum Hotel! Es war nicht mehr weit! Der Sturm wurde nun heftiger. Von Weitem glitzerte wieder Licht auf seiner Netzhaut. Jetzt wusste er, wo er war. Hinter dem Hotel. Die Terrasse. Nicht mehr weit! *Los, geh!* Schwankend, mit dem Sturm im Rücken, war es nicht einfacher. Er musste aufpassen, dass die Böen ihn nicht zu Boden warfen. Er strauchelte, als ihn etwas im Rücken traf. Der Schmerz ließ ihn aufheulen. Weiter.

Der Orkan heulte nun in seinen Ohren und ließ alle anderen Geräusche in einem einzigen Blasorchester untergehen. Er war der Sturm! Er heulte mit ihm, als ein Stück Wellblech durch die Luft geflogen kam und ihn streifte. Am

Hals. Ah, das tat gut! Warme Flüssigkeit wärmte seinen Hals, seinen Oberkörper. Das war gut! Er bekam Kraft, die ihn vorwärtstrieb. Zusammen mit dem Sturm. Er stolperte über einen Gegenstand und stürzte tief. Er fiel unendlich langsam und lange. Wie in Zeitlupe flogen Gegenstände vorbei, die im Licht des Haubargs wie auf einer schwarzen Leinwand vorbeizogen. Dass er den Boden berührte, spürte er kaum. So nahe vor dem Ziel! Nein, er gab nicht auf! Der wärmende Strom am Hals versiegte langsam. Reste davon vermischten sich mit dem Regen, der ihn reinwusch. Er schüttelte seinen Kopf, um eine nie gekannte Müdigkeit loszuwerden. Hui! Hätte er besser nicht gemacht! Schwindel packte ihn, sein Herz raste. Weiter!

Jetzt stand er vor der Warft. Schwankend im Sturm. Er ließ sich auf die Arme fallen und zog sich die sechs Meter bis zur Terrasse hoch. Er erkannte die Leute, die sich am Unwetter ergötzten. *Ja! Schaut nur, ich komme!* Er stützte sich an einem der Fenster ab. *Warum öffnet ihr nicht?* Er sah Christa direkt ins Gesicht, als ihn eine tiefe Traurigkeit ergriff. Zu spät! Ein Blitz zischte in der Nähe ins Wasser, als das Licht ausfiel. Den anschließenden zweiten Blitzeinschlag nahm er nicht mehr wahr.

Im peitschenden Regen und brüllendem Orkan hauchte Kai Wolters sein Leben aus.

Hotel

Zweiter Tag nach dem Unwetter

14:00 Uhr

Heidi und Kurt saßen mit hängenden Köpfen am Tisch. Onne schaltete das Tablet ein, sodass er nur noch die Aufnahme starten musste. Hinter ihm die Kamera. Auch bereit.

Kolle war nach dem Essen nicht untätig gewesen und hatte die Dossiers aller Beteiligten quergelesen. Er war vorbereitet.

„Wie geht es euch heute so? Etwas zu trinken? Kaffee oder Tee?", begann er das Verhör.

„Einen Tee hätte ich gerne", sagte Heidi schüchtern. Kurt war zufrieden ohne Getränk. Onne sprang auf, um das Gewünschte zu holen.

„Schlimm, dieses Unwetter vorgestern. Nicht wahr?" Kolle machte Smalltalk, um das Eis zu tauen, das sich seit gestern aufgebaut hatte.

Heidi seufzte und Kurt wackelte unentschieden mit dem Kopf.

„Ist wohl der Klimawandel", grummelte er.

„So, meinst du, Kurt?", hakte Kolle nach.

„Ja. Liest man ja immer wieder."

„Kann sein. Ich selbst komme nicht viel zum Lesen. Der Beruf. Du weißt ja, wie das ist. Viel Arbeit und kaum Zeit."

„Ja. Als wir das Geschäft noch geleitet haben, gab es auch nicht viel Freizeit."

„Na, dann verstehst du sicher, wie es mir geht." Kolle spielte den Erschöpften, dem jede Aufgabe aufs Auge gedrückt wird. „Auch jetzt wieder", er klopfte mit der flachen Hand auf einen Aktendeckel, der nur leeres Papier enthielt. Sah aus wie eine echte Akte.

„Dieser Fall! Zum Verzweifeln." Er schüttelte den Kopf wie ein verzweifelter Kommissar. „Anscheinend war es Mord. Wie ihr ja wisst."

Heidis Nase wurde etwas blasser als sonst.

„Ja, wissen wir."

Onne kam mit einem Tee, etwas Zucker und Milch, setzte sich und startete die Geräte.

„Ja, wie gesagt … dieser Fall." Kolle schlug die erste leere Seite der Akte auf, die er schräg vor sich hielt. Seine Augen wanderten über das Blatt, als ob er lesen würde.

„Was habt ihr vom Wolters als Mensch gehalten?"

Beide sahen sich an. Heidi zuckte mit den Schultern und Kurt schürzte seinen Mund.

„Wie man so einen Wattführer eben findet", versuchte Heidi zu erklären.

„Wir kannten ihn ja erst, seitdem wir hier waren", half Kurt seiner Frau. Die sah ihn an und fügte hinzu: „Na ja, … wie soll ich sagen … er war wohl ein netter Mensch. Immer freundlich und höflich, scherzte mit den Gästen und so."

„Genau. Und was der alles wusste!", erinnerte sich Kurt.

„Ja, als Wattführer muss man viele Dinge wissen!", pflichtete ihm Heidi bei.

Kolle sagte lächelnd: „Ja, genau! Er kam ja von hier! Moment …," er tat so, als ob er in der Akte lesen würde. „Ah, ja. Hier …" Er tippte auf das Blatt. „Von Föhr kam er ursprünglich. Lustig."

„Warum lustig?", wollte Kurt wissen.

„Na! Ihr seid doch auch von Föhr!"

Stille.

Heidis Teetasse wackelte leicht in ihrer Hand, die auf halbem Weg zum Mund innehielt.

„Ja?", Kurt versuchte den Abgebrühten zu spielen. „Kennst du alle Husumer, Kolle?"

„Nein. Natürlich nicht!", wiegelte Kollerup grinsend ab. *Aha,* dachte er, *eine Frage beantworten, die ich nicht gestellt habe.*

„Aber den Theo Knudsen aus Wyk, den müsst ihr doch kennen!", rief er leutselig wie jemand, der einem Freund auf die Sprünge helfen wollte. Das war Heidi Sievertsens Onkel, über den Wolters mit ihnen verwandt war. Er schickte einen stillen Gruß an Larsson, der dieses Detail recherchiert hatte.

Heidi stellte jetzt den Tee ab und hatte wohl keinen Durst mehr.

„Was ist mit dem?", fragte sie mit zittriger Stimme.

„Na, das ist doch der Onkel von dir, Heidi! Hier steht es doch!" Kollerup klopfte auf das leere Blatt vor sich.

„Kann ja sein." Kurt zog die Augenbrauen zusammen und sah Kolle finster an.

„Und der war mal mit Sinje Hansen zusammen." Kolle sah die beiden ratlos an wie zwei begriffsstutzige Kumpels. „Aber die ist nicht so wichtig. Wichtiger ist doch, dass der Wolters der Neffe von Sinje war!"

„Wir kennen keinen Wolters aus Alkersum!", rief Kurt.

„Ach so. Dachte nur. Weil eure Tochter damals auf der Eilun Feer Skuul, dem Gymnasium in Wyk, ging. Wie der Wolters." Das saß. Ihre Augen weiteten sich.

„Aber man kann ja nicht jeden auf Föhr kennen." Kolle breitete entschuldigend seine Hände aus. Dass der Tote aus Alkersum kam, war ihm auch neu. Egal. Er hatte, was er haben wollte.

„Ich frage euch noch einmal. Habt ihr den Wolters vor eurem Aufenthalt hier auf der Hallig gekannt?"

Heidi und Kurt fielen sichtbar in sich zusammen.

„Ja." Heidi sah Kolle trotzig an.

„Hat Wolters eure Tochter auf dem Gewissen?"

„Hat ja eh keinen Sinn mehr. Ja. Wolters hat unsere Tochter überfahren."

Als Heidi die Geschichte erzählt hatte, wie sie von der Schuld Wolters erfahren hatten, ergriff Kurt die linke Hand seiner Frau und drückte sie.

„Und ihr wolltet ihn hier zur Rede stellen?"

„Heidi, es hat keinen Zweck zu lügen", flüsterte Kurt.

„Wir haben ihn nicht umgebracht!", rief seine Frau verzweifelt.

„Morgen werden wir weitersehen. Ihr dürft jetzt gehen."

Kolle gab Onne ein Zeichen. Der stand auf und schaltete die Geräte auf Stand-by.

„Ich müsste euch eigentlich vorläufig festnehmen. Aber da wir hier sowieso wie in einem Gefängnis leben, denke ich, dass ihr die Hallig nicht verlasst. Sonst müsste ich euch per Haftbefehl suchen lassen. Was das bedeutet, könnt ihr euch denken?"

„Ja, Kolle." Zwei kleinlaute Sievertsens schlichen aus dem Zimmer.

Die Tasse, aus der Heidi den Tee getrunken hatte, tütete er vorsichtig ein, beschriftete sie und trug Onne auf, diese der Spusi zu geben.

Hotel

Zweiter Tag nach dem Unwetter

15:00 Uhr

Nele Petersen, wie sie mit vollen Namen hieß, saß mit geradem Rücken da und musterte aufmerksam den Husumer Kommissar.

Kolle hatte wieder den Placebo-Aktendeckel, wie er ihn nannte, vor sich liegen. Allerdings jetzt angereichert mit pikanten Fotos. Seine Verlegenheit war abgeklungen. „Das muss man professionell durchziehen", war seine Antwort auf Onnes Frage, wie man damit umgehen solle.

Die Geräte liefen, das übliche Vorstellungsprozedere hatten sie hinter sich.

„Du kennst den Toten?"

„Ja. Kai ist das, unser Wattführer. Also, ehemaliger. Ist ja jetzt tot." Sie schien sich zu amüsieren, einige Lachfältchen bildeten sich.

„Wir wissen, dass du von Amrum stammst", dabei pochte er auf den Aktendeckel. „Kann es nicht sein, dass du ihm vorher irgendwann begegnet bist?"

„Du meinst, bevor er hier seine Watt-Touren angeboten hat? Nein." Ganz beherrscht und aufmerksam.

„Na gut. Hätte ja sein können. Amrum und Föhr sind ja nicht so weit auseinander." Er stöhnte theatralisch und sah sie flehentlich an. „Kein leichter Fall! Kannst du uns irgendwie weiterhelfen?"

„Gerne. Aber wie?"

„Du kennst doch hier jeden auf der Hallig. Nur mal so unter uns. Wem würdest du einen Mord zutrauen?"

„Eigentlich niemandem."

„Ja, stimmt. Blöde Frage." Kolle schien zerknirscht zu sein. Aber er gab nicht auf.

„Gab es keinen Streit zwischen den Gästen oder Angestellten und dem Wolters?"

„Ach, das weiß ich nicht. Ich mache meine Arbeit und kümmere mich nicht um andere Angelegenheiten. Ich mag meinen Job."

„Du arbeitest doch schon so lange hier. Hat der Wolters dir mal im Gespräch einen Hinweis gegeben oder eine Bemerkung gemacht, dass jemand sauer auf ihn war?"

„Lass mich überlegen." Grübelnd sah sie mit nachdenklich zusammengekniffenen Augen aus dem Fenster.

„Ja. Da gab es mal einen Streit mit Budnik. Der wollte sein Konzept überarbeiten. Es gibt nämlich noch einen anderen Wattführer, der eine andere Route geht."

„Ach, ja? Erzähl mal!"

„Das ist der Mommsen. Der geht zur Seehundsandbank. Das findet Budnik interessanter, auch wenn man so direkt nicht auf die Sandbank darf. Aber man kann sie gut sehen, ohne die Tiere zu stören. Das hat den Wolters tierisch aufgeregt."

„So? Budnik. Interessant." Kolle klopfte nervös auf die Akte.

„Sonst nichts?"

„Nein, wirklich nicht."

„Na ja, dann." Kolle schlug die Akte auf.

„Du kannst dann gehen. Das war alles", murmelte er, ohne aufzublicken. Als Nele lächelnd aufstand und sich abwenden wollte, fiel ihr Blick auf die Fotos. Kollerup hatte sie so herumgedreht, dass sie sie sehen musste.

Nele schlug ihre Hände vor den Mund und keuchte laut auf. Die Augen geweitet.

„Setz dich.“ Kolle breitete sie fächerförmig auf dem Tisch aus. Neles Gesichtszüge verzerrten sich.

„Dieses Schwein!“, schrie sie und zerriss die Fotos in einem Wutausbruch. Kolle schlug eine neue Seite in der Akte auf. Die gleichen Bilder.

„Du kannst sie alle zerreißen, Nele.“ Dabei blätterte er weiter. Die Akte war voll mit den Schnappschüssen.

„Jetzt sagst du mir bitte, was du mit Wolters gemacht hast.“

„Nichts habe ich gemacht! Nichts! Was soll ich den getan haben? Ich habe mir nichts vorzuwerfen!“ Sie schluchzte auf.

„Wie lange ging das mit euch?“

„Ein Jahr.“

„Und?“

„Zuerst fand ich ihn langweilig. Aber er konnte so einnehmend sein, so charmant und einfühlsam.“ Sie weinte jetzt heftig.

„Und dann?“

„Was dann? Ich verstehe nicht.“

„Was ist nach einem Jahr geschehen?“

„Ich fand heraus, dass er nur mit mir ins Bett wollte, das ist geschehen!“

„Er hat dich also nur benutzt, meinst du?“

„Ja! Das da“, sie zeigte auf die zerfetzten Fotos, „hat er heimlich aufgenommen. Ich wusste es nicht.“

„Du kanntest diese Bilder?“

„Ja. Ich hab' sie durch Zufall auf seinem Gerät gefunden. Als er schlief, bin ich an sein Notebook gegangen und wollte nur etwas im Internet nachsehen.“

„Dann hast du die Bilder gefunden.“

„Ja. Seitdem war Schluss.“ Sie hatte sich wieder gefangen und wirkte gefasster.

„Hast du ihn mit den Bildern konfrontiert?“

„Ja. Gelacht hat er. Ich solle mich nicht so anstellen, sagte er.“

„Wann war das?"

„Das war im Februar dieses Jahres."

„Seitdem hattest du keinen Kontakt zu ihm?"

„Nein. Wir sind uns aus dem Weg gegangen."

„Weißt du, was Rizin ist?"

„Nein. Was ist das?" Das kam ehrlich, erkannte Kollerup. Er dachte nach. Wären die heimlich aufgenommenen Bilder ein Motiv? Möglich. Es sind schon Menschen aus einem geringeren Anlass getötet worden.

„Wo warst du am Tag des Unwetters zwischen vier Uhr nachmittags und neun Uhr abends?"

„Ich hatte den Nachmittag frei. Mein Dienst begann um 20 Uhr. Ich hatte die Nachtschicht."

„Was hast du an dem Nachmittag gemacht?"

„Ich hatte mich nach dem Mittagessen hingelegt. Um fünf Uhr bin ich dann aufgestanden. Danach ein bisschen ferngesehen und mal kurz raus und eine Runde gedreht."

„Hat dich jemand gesehen?"

„Ja. Die Sievertsens."

„Gut, Nele. Das war es. Du kannst dann gehen. Halte dich bitte heute in der Nähe auf. Könnte sein, dass ich noch Fragen habe."

„Das wird ja immer interessanter!" Onne fand das alles offensichtlich unheimlich spannend.

„Was haben wir jetzt?" Kolle versuchte, alles auf eine Reihe zu bekommen. Er stand auf und wanderte durch das Zimmer.

„Da sind zunächst die Sievertsens, deren Tochter von einem Unbekannten vor Jahrzehnten getötet wurde. Sie erfahren, wer ihre Tochter auf dem Gewissen hat. Dann wäre da noch Nele. Eine ausgenutzte und gedemütigte Frau. Wer hatte den schwerwiegendsten Grund, Wolters umzubringen?"

„Wenn meine Tochter umgebracht wird und ich sehe, dass der Täter ungeschoren davonkommt?" Für Onne war die Sache klar.

Kolle stimmte ihm in dem Punkt zu.

„Verständlich, dass die Eltern ihr Kind rächen wollten."

„Aber eine gedemütigte Frau?" Ratlos sah er Onne an.

„Ja, stimmt. Allerdings hatte sie Zeit genug, alles vorzubereiten", wandte Onne ein.

„Wir müssen morgen die Sievertsens noch mal verhören, das ist schon mal klar."

Gerade als sie das Zimmer verlassen wollten, Kolle hatte schon seit Ewigkeiten keine Zigarette mehr geraucht, prallten sie mit Budnik zusammen.

„Ratet mal, was gerade passiert ist!", rief er. Kolle hatte jetzt die Nase voll von solchen dämlichen Spielchen.

„Spuck's aus."

„Jan-Ole hat Nele in seiner Gewalt! Er hat sich im Generatorhaus verschanzt und droht damit, sie zu ermorden!"

Hallig

Zweiter Tag nach dem Unwetter

15:30 Uhr

Jan-Ole war nervös. Immer und immer wieder sagte er sich, dass er das Richtige getan hatte. Er musste doch seiner Nele helfen! Dieses zarte Wesen, so unschuldig und auf diese Weise ausgenutzt! Er konnte sie nicht leiden sehen. Darum hatte er ihr vorgeschlagen, dabei zu helfen, den Wolters zu beseitigen. Er hatte sowieso schon längst beschlossen, dass niemand seiner Nele ein Leid zufügen dürfe! Im Frühjahr, als er bemerkt hatte, dass sie unendlich traurig war, begann er, Nele für sich zu gewinnen. Ein Plan reifte damals in ihm heran. Rache an Wolters! Also besorgte er sich alles Nötige, um seinen Plan auszuführen.

Es war einfach, dem Wolters das Rizin zu verabreichen. Ein Bier und noch ein Bier, jeden Tag etwas davon in ein Getränk. Als Wolters über Sodbrennen klagte, gab er ihm ein Mittel dagegen. „Altes Hausmittel. Wirkt garantiert", hatte er ihm versichert. Und zwei Tage vor dem Unwetter dann war es ein Geschenk des Himmels, als er bei einer Wattwanderung mehrere uralte Bierflaschen im Watt fand. Er füllte sie mit dem Rizin und Bier, verschloss sie mit Wachs. Jeder sollte denken, dass es alte Flaschen sind, die seit hundert Jahren auf ihre Entdeckung gewartet hatten. Eine davon öffneten sie spaßeshalber und probierten das Bier. Selbstverständlich tat er nur so, damit Wolters keinen Verdacht schöpfen sollte. Wolters hatte noch verwundert gesagt, dass das hervorragend schmecken würde, wenn man bedenke, wie alt das Zeugs sei.

Als er sie nach dem Verhör sah, wusste er, dass etwas geschehen war. Sie brauchte ihn! Er fing sie auf dem Weg zum Wohnhaus der Angestellten ab.

„Nele! Was ist los?", fragte er sie. Sie weinte haltlos an seiner Schulter, und sie setzten sich auf eine der Bänke, die am Weg standen.

„Es ist aus! Die Polizei weiß alles!"

„Was denn?" Er sah ihr tief in die rotgeränderten Augen.

„Ach, der Typ von der Polizei hat herausgefunden, dass ich mit Wolters zusammen war! Und das mit der Schwangerschaft findet er auch bald heraus!"

„Nele! Nele, hör mir zu!" Er schüttelte sie an den Schultern.

„Niemand wird es erfahren."

„Ach, es hat keinen Sinn mehr."

„Nele! Wir beide haben eine gemeinsame Zukunft! Ich werde für euch sorgen!"

„Du?" Nele sah ihn erstaunt an.

„Ja. Ich!"

„Was hast du mit Wolters gemacht?"

„Nichts, was er nicht verdient hätte."

„Hast du ihn umgebracht?"

„Ich? Du warst es doch, die sich rächen wollte! Ich habe nur geholfen!"

„Ich wollte ihn aber nicht umbringen! Einen Denkzettel, ja. Aber doch nicht töten!"

„Echt? Das habe ich aber ganz anders in Erinnerung! Was ist mit dem Ehepaar Sievertsen? Haben sie dir nicht auch ihr Gift gegeben, damit der Wolters garantiert stirbt?"

„Ja, aber das war ein Schlafmittel! Wolters sollte doch nur …"

„Was?“, er unterbrach sie. Jan-Ole konnte es nicht fassen! Da ist man so nett und hilft seiner Angebeteten und was ist der Dank?

„Ihr wolltet ihn umbringen! Warum sollte jemand so etwas machen? Betäuben und an der Wasserkante ablegen? Und dann? Alles wieder gut?“ Er stand auf und stellte sich breitbeinig vor sie hin.

„Oh, sorry, war mein Fehler! Kommt nie wieder vor?“, er äffte die Stimme von Wolters nach. Er packte sie und schrie sie an.

„Wach auf! Ich bin dein Beschützer!“

„Du? Verschwinde! Ich gehe jetzt zum Kommissar!“

„Das wirst du nicht machen!“

Er zerrte sie hoch und schlug ihr gegen die Schläfe. Mit dem schlaffen Körper in den Armen hastete er zum Generatorhaus.

Malte Maybach, der das beobachtete, lief sofort zum Hotel und alarmierte Budnik.

Generatorhaus

Zweiter Tag nach dem Unwetter

16:15 Uhr

Jan-Ole! Mach doch auf! Was soll denn das?" Kolle stand vor der Stahltür, dem einzigen Zugang zum Generatorhaus. An einer Seite des Gebäudes gab es zwar Fenster, aber sie waren zu hoch, als dass man sehen konnte, was im Inneren vor sich ging.

Von innen dröhnte undeutlich Jan-Oles Stimme: „Haut ab! Ich bring sie sonst um!"

Kollerup wandte sich an Budnik, der hinter ihm stand. „Gibt es drinnen ein Telefon? Oder hast du Jan-Oles Handynummer?"

„Besser noch. Ich habe hier ein Funkgerät. Er hat auch eines in der Tasche. Geht schneller als Telefon." Er gab dem Kommissar ein Gerät, nicht größer als eine Zigarettenschachtel.

„Hier ist die Sprechtaste", er deutete auf einen Knopf an der Seite. Kolle nickte und sagte zu den Gästen, die herumstanden: „Bitte geht wieder ins Haus zurück. Ihr könnt eh nichts tun."

Er drückte auf die Sprechtaste und sagte: „Jan-Ole? Kannst du mich hören? Melde dich bitte."

Dann ein kurzes Fiepen und der Techniker meldete sich: „Ich will mit dem Hubschrauber aufs Festland gebracht werden. Dort soll ein Fahrzeug bereitstehen. Vollgetankt, kein Tracker!"

„Alles klar. Dauert aber", antwortete Kolle.

„Ja, sicher. Das sagt ihr doch immer!"

„Geht es Nele gut?"

„So gut es ihr gehen kann."

„Hast du uns was zu sagen? Hast du Wolters umgebracht?"

Onne hielt ein kleines, digitales Diktiergerät an das Funkgerät, während Kolle mit dem Kidnapper sprach.

Im Lautsprecher rauschte es einige Sekunden.

„Ja. Ich habe Wolters umgebracht! Er hat Nele verletzt. Meine Nele!"

„Wie hast du es getan?"

„Das weißt du doch, du Bulle!"

„Ich will es von dir hören."

„Rizin. Ich habe ihm seit Monaten Rizin gegeben. Letzten Freitag eine Dosis, an der er garantiert krepieren sollte!"

Kolle flüsterte an die Adresse von Onne: „Hast du das?" Der nickte nur.

„Jan-Ole! Hört mir jetzt zu." Er winkte Thore zu sich heran.

„Neben mir steht der Chef der Spurensicherung. Das ist Thore."

„Ja, und?"

„Der sagt dir jetzt, wann der Hubschrauber zur Verfügung steht."

„Hey, Jan-Ole. Thore hier."

„Schieß los."

„Wir müssen erst den Hubschrauber vom Festland kommen lassen. Das wird maximal eine Stunde dauern."

„Willst du mich verarschen?"

„Nein. Du weißt doch, was auf dem Festland los ist."

„Mach 45 Minuten daraus!"

Im Hintergrund hörte man undeutlich Nele rufen. Dann war die Verbindung unterbrochen.

„Gibt es noch einen anderen Zugang ins Gebäude?", wollte Kolle vom Hotelchef wissen.

„Es gab einen vom Fitnessraum. Aber der wurde zugemauert."

„Was steht hinter der Wand im Gebäude?"

„Der Generator."

„Direkt an der Wand?"

„Nein. Knapp einen Meter davor."

„Hast du einen Plan vom Gebäude?"

„Ja, ich hole ihn." Er lief los.

„Jan-Ole?"

„Was ist, Kolle?"

„Gib mir Nele."

„Vergiss es. Ich melde mich in einer Dreiviertelstunde wieder." Knack und aus.

„Onne. Du bleibst hier und passt auf." Onne nickte.

*

Kollerup musste jetzt telefonieren. Ungestört. In seinem provisorischen Büro stand er vor der Wand, auf die er die Verbindungen aufgemalt hatte, und dachte nach.

Den Techniker hatte er nicht auf dem Schirm gehabt. Aber Nele, die mit Wolters ein Verhältnis gehabt hat. Jan-Ole hatte gestanden, dass er Wolters mit Rizin vergiftet hatte. Das war Täterwissen. Er hatte den Gästen nur gesagt, dass der Wattführer vermutlich mit einem Gift getötet wurde. Dass es Rizin war, wusste also nur der Täter. Wie es aussah, musste es mindestens noch einem weiteren Täter geben, von dem Jan-Ole nichts wusste. Oder nichts sagen wollte. Natürlich! Um Nele zu schützen! „Meine Nele!", hatte der Techniker gesagt.

Am dichtesten dran war aber auch das Ehepaar Sievertsen, näher als zum Beispiel Franziska Koch. Die Sievertsens! Denen musste er nochmal auf den Zahn fühlen. Die andere Spur, die in die Windkraftbranche führte, war nicht mehr so heiß. Die konnte er später weiter verfolgen.

Er zückte sein Handy und rief Larsson an.

„Moin, Chef!“, meldete sich sein Kollege in Husum.

„Moin, Larsson. Neue Situation. Eine Zeugin ist als Geisel genommen worden. Ich brauche dringend einen Hubschrauber. Irgendeinen.“

„Ja, ich weiß. Thore hatte schon den Eysenhardt angerufen.“

„Machen Sie bitte Druck und kümmern Sie sich darum.“

„Klar, Chef.“

„Und Larsson … der Helikopter darf die Hallig nicht mehr verlassen!“

„Treibstoffprobleme, Chef?“

„Wir verstehen uns.“

„Immer, Chef. Noch was?“

„Das Ehepaar Sievertsen. Sehen sie mal eben schnell nach, ob einer der beiden unter Schlafstörungen leidet.“

„Mal eben …?“ Larsson seufzte und hämmerte auch schon auf der Tastatur seines PCs herum.

Kolle ging derweil mit dem Handy am Ohr in den Restaurantbereich und bestellte per Handzeichen zwei große Kaffee. „Gefiltert! Nicht gepresst!“, flüsterte er. Mit dem Handy zwischen Ohr und Schulter eingeklemmt, ging er zum Generatorhaus und gab Onne einen Kaffee.

„Chef?“, meldete sich jetzt sein Husumer Kollege.

„Bingo. Herr Sievertsen bekommt regelmäßig ein starkes Mittel. Auf Rezept. Den Namen des Medikaments spare ich mir.“

„Dasselbe wie beim Wolters?“

„Moment … ja. Dasselbe.“

„Würden Sie nochmal in den abschließenden Bericht vom Lührssen sehen, ob es das einzige Medikament neben Rizin war?“

„Wenn Sie mich so nett bitten … Moment.“

In der Zwischenzeit wandte er sich seinem Assistenten zu. „War was, Onne?“

„Nichts. Einmal habe ich Stimmen gehört. Nichts Genaues. Hörte sich nach einem Streit an."

Larsson meldete sich. „Chef, Sie hätten Profi-Bingospieler werden sollen."

„Also nein?"

„Nein, kein anderes."

„Danke. Ich werde bei meinem nächsten Gebet an Sie denken, Larsson!"

„Amen", kam als knappe Antwort. Beide legten gleichzeitig auf.

Das Ende

Zweiter Tag nach dem Unwetter

17:30 Uhr

Im Zimmer war dicke Luft. Eisiges Schweigen schlug den Sievertsens entgegen, als sie in das Gesicht des Kommissars blickten. Im Hintergrund liefen die Geräte, als Kolle „Hinsetzen" murmelte.

Die beiden wussten sofort, was auf sie zukommen würde. Also gab es für Kurt nur die Flucht nach vorne.

„Wir geben alles zu. Wir haben mit Nele gemeinsam geplant, den Wolters umzubringen."

„Warum eigentlich Nele?"

„Na! Weil sie doch schwanger war vom Wolters! Wusstest du das nicht?" Das wusste er zwar nicht, ließ sich aber nichts anmerken.

„Leider kann Nele jetzt nichts dazu sagen. Aber ich werde sie fragen, sobald sie von Jan-Ole freigelassen wird."

Kolle hatte wieder seine Placebo-Akte dabei. Er schlug sie auf und sagte: „Dann erzählt mal."

„Du weißt doch schon alles. Was sollen wir denn noch sagen?"

„Alles. Von Anfang an. Ich habe Zeit."

Nach einer halben Stunde, als beide den Raum verließen, herrschte wieder Stille im Raum. Kolle zückte sein Handy und gab an Larsson die derzeitige Situation durch. Der versprach, sich sofort um die Haftbefehle zu kümmern. Da sie von beiden Geständigen alles aufgezeichnet hatten, war der Rest nur noch Formsache.

„Die Hubschrauber sind unterwegs, Chef."

„Ja, das ist gut, dass Sie daran gedacht haben."

„Der erste müsste eigentlich schon fast bei Ihnen sein. Wie gewünscht, wird er die Hallig nicht verlassen können. Muss wohl jemand vergessen haben, nachzutanken."

Dann tat Kolle etwas, das er schon längst hätte machen müssen. Er nahm die beschlagnahmte Pistole aus dem Tresor, steckte ein Magazin in den Griff, und lud durch.

*

Am Gerätehaus hatte sich nichts verändert. Onne saß im Schatten auf einer Bank und döste vor sich hin.

„Noch nichts Neues", begrüßte ihn sein Assistent. Kolle setzte sich zu Onne. Sie unterhielten sie sich über den Fall, während sie auf die sommerliche Hallig blickten und den Schafen beim Wiederkäuen zusahen. Er zählte alle Fakten auf, die sie bis jetzt hatten: Über die Mittäterschaft der Sievertsens, dass Nele von Wolters geschwängert wurde und er sie verlassen hatte. Auch, dass Nele in dem Punkt noch vernommen werden musste. Hatte sie, wie die rächenden Eltern, auch ein Gift beigesteuert? Kolle zog sein Handy und rief Thore an.

Nach einer kurzen Begrüßung teilte ihm Thore mit, dass sie jetzt fertig seien. Er würde gleich zu ihnen kommen und das vorläufig letzte Ergebnis der Spurensicherung mitteilen.

„Sag mal, habt ihr bei der Durchsuchung von Neles Zimmer etwas Interessantes gefunden?", fragte Kolle. Im selben Moment kam auch Thore aus dem Haubarg.

„Ja, haben wir, und rate mal…"

„Thore!"

„Gut. Wir haben exakt den Wirkstoff in Neles Zimmer gefunden, der auch den Wolters umgehauen hat. Eine angebrochene Packung von dem Mittel, dessen Name ich dir nicht zumuten kann."

„Und ihr habt sicher auch Jan-Oles Wohnung durchsucht?"

„Natürlich. Rizin. In einer alten Bierflasche."

Onne wurde plötzlich unruhig und zappelig.

„Bierflasche?", fragte er unsicher.

„Ja. Könnte glatt aus Rungholt stammen. Warum?"

„Oh, Scheiße."

Aber Kolle wusste schon, worauf sein Kollege auf Zeit hinauswollte. Er legte eine Hand auf die Schulter des jetzt offensichtlich Geschockten.

„Keine Bange. Für eine Mordanklage reicht das nicht aus."

„Mann! Das ist doch das, was ich dir immer sagen wollte!"

„Wolters hat sie dir gegeben. Ich weiß."

„Woher …?"

„Weil du einfach nicht der Typ bist, der ins Watt geht."

„Warum denn das?!", echauffierte sich der kleinwüchsige malende Schafhirte, gleichzeitig temporär ernannter Hilfspolizist.

„Weil du … na ja", Kolle suchte nach einer diplomatischen Antwort, „… weil du eher der Landtyp bist. Darum."

Das Knattern des Helikopters holte sie wieder in die Realität zurück. Thore und Kollerup gingen los, um den Piloten in die Lage einzuweisen. Das Funkgerät in Kolles Tasche meldete sich.

„Das wurde aber auch Zeit!"

„Dein Wunsch ist uns Befehl, Jan-Ole."

„Aufgetankt? Das Auto steht drüben bereit?"

„Alles nach Wunsch. Brauchst du noch eine Polizeieskorte?"

„Laber' nicht. Sag Bescheid, wann ihr so weit seid!"

Kolle sagte dem Piloten, wie er sich zu verhalten habe. Er schärfte ihm ein, eine niedrige Runde über der Hallig zu drehen, zumindest bis zum Anleger. Er hatte keine Lust, sich nasse Füße zu holen.

„Schon klar, Herr Kommissar. Ich weiß Bescheid, notfalls kann ich einen Motorausfall simulieren. Kein Problem. Ist der Täter bewaffnet?"

„Keine Ahnung. Mindestens aber mit einem Messer oder Hammer."

Zurück am Gerätehaus verschanzten sie sich hinter der halb geöffneten Hintertür des Hotels.

„Jan-Ole, dein Taxi wäre dann bereit."

Die Tür des Generatorhauses öffnete sich und Nele wurde herausgeschoben, am Hals eine lange Messerklinge. Jan-Ole dicht an ihren Körper gepresst. Das Funkgerät in der freien Hand.

„Haut ab! Sonst stirbt sie!", rief er mit suchendem Blick. „Wo seid ihr Bullenschweine?"

Kolle bedeutete den anderen, still zu sein.

„Wir sind weit weg", flüsterte er ins Gerät.

„Der Hubschrauber steht bereit. Du kannst einsteigen."

„Ist der Pilot auch da?"

„Natürlich."

„Ich gehe jetzt! Keine Tricks!"

Er stieß Nele vorwärts. „Los, weiter!", schnauzte er sie an. Sie schien unverletzt zu sein, war aber sichtlich starr vor Angst. Sie stolperte in Richtung des Motorengeräuschs, ihr Kidnapper immer nahe im Nacken. Kolle und seine Kollegen, er zählte Onne auch zu seinen Kollegen, liefen schnurstracks durch das Hotel zum Vordereingang. Alle Gäste waren im Restaurant versammelt. Schutzsuchend in der Gruppe. Kollerup machte eine beschwichtigende Geste und sagte nur: „Dauert nicht mehr lange."

Dann waren sie an der Vordertür. Sie beobachteten, wie die beiden unter den sich drehenden Rotorblättern einstiegen. Dann hob der Helikopter langsam ab, drehte sich um seine Achse und flog mit Schrittgeschwindigkeit in Kopfhöhe in Richtung Anleger. Die drei Polizisten sprinteten los. Dort fing der Motor an zu spucken, setzte einmal aus und heulte dann kurz auf. Sie hatten ihn knapp erreicht, als er mit einem *Plopp!* stillstand. Wie ein Stein plumpste der Hubschrauber auf das Gras, als der Rotor zum Stillstand kam. Die Maschine hüpfte zweimal und neigte sich bedenklich zur Seite. Auf einer Kufe balancierend konnte die Maschine sich nicht entscheiden, zu welcher Seite sie kippen sollte. Die falsche Seite hatte gewonnen. Kolle zückte die Waffe und lief um sein Leben. Eigentlich lief er um das Leben von Nele.

Am Helikopter angekommen, der wie eine abgestürzte Libelle dalag, sprang er auf die Kufe, riss die Tür auf und hielt die Pistole schussbereit in die Maschine. Der Pilot verpasste dem Kidnapper gerade einen Hieb und Jan-Ole fiel kraftlos zusammen. Nele schien unverletzt, war aber ohne Bewusstsein.

Mit Hilfe des Piloten riss er Jan-Ole aus der Maschine und zerrte ihn zu Boden. Zwei Sekunden später lag der mit zwei Kabelbindern gut verschnürt am Boden.

Thore und Onne kümmerten sich um Nele. Als sie ihre Augen aufschlug, kam die Kavallerie. *Fortunate son,* dachte Kolle grinsend.

Als er sah, wer alles aus dem riesigen Bundeswehrhubschrauber ausstieg, fragte Kolle sich, wer jetzt eigentlich in Husum auf der Direktion die Stellung hielt. Zuerst Eysenhardt, dann Lührssen und als letzter Larsson. Außerdem zwei Beamte, die Jan-Ole auf einen Wink von Kollerup sofort in die Mitte nahmen. Lührssen begriff die Lage sofort, beugte sich über Nele und begann sie zu untersuchen.

„Na, Kolle!", dröhnte der Staatsanwalt. „Da haben Sie ja mal wieder ganze Arbeit geleistet!" Er deutete auf den abgestürzten Helikopter und klopfte ihm beruhigend auf die Schulter. „Aber, na ja. Das Mittel heiligt den Zweck, nicht wahr?"

Kolle beachtete ihn nicht und begrüßte seinen Kollegen Larsson. Dann stellte er ihm Onne vor, der verlegen wurde, als er in den höchsten Tönen gelobt wurde. Kollerup fand, dass die beiden, Larsson und Onne, ein gutes Team sein könnten. Der Lulatsch und der Kleine. Sie waren sich offensichtlich sofort sympathisch.

Eysenhardt hielt vier Haftbefehle in der Hand, mit denen er nacheinander zuerst die Sievertsens und dann Jan-Ole verhaftete, natürlich nicht ohne den obligatorisch vorgeschriebenen Spruch.

Dann nahm er Kolle zur Seite. „Das können Sie doch viel besser als ich", murmelte er verlegen und zwinkerte ihm zu.

Kollerup wusste nicht so recht, wohin mit dem Haftbefehl. Vor lauter Verzweiflung faltete er ihn zusammen und steckte ihn in eine Hosentasche.

Nele lag auf einer Trage festgeschnallt, mit einer Bundeswehrdecke, Marke Pferdehaar, bedeckt. Sie lächelte ihn an.

„Ich weiß. Du musst mich jetzt verhaften", hauchte sie schwach.

„Ich weiß auch. Viel Glück euch beiden", entgegnete Kollerup mit belegter Stimme.

Als sie die Schwangere im Helikopter unterbrachten, versprach Kolle mit einem Kloß im Hals: „Es wird sich alles aufklären."

Dann stiegen die ein, die zum Festland mussten. Christa Hansen hatte dringende Termine auf dem Festland und durfte die Hallig verlassen.

Nachdem der Hubschrauber noch eine Runde drehte, grüßte Eysenhardt mit einem angedeuteten Salut an der Stirn. Dann war wieder Ruhe auf der Hallig.

*

„Larsson! Sie haben sich ja richtig inselfein gemacht!", lobte Kollerup am Abend seinen Kollegen. Weiße Bermudas, buntes Hemd, ordentlich gebügelt, und an den Füßen makellos weiße Sneaker. Sie saßen zusammen mit Thore und Onne im Kreis der Gäste, die bleiben wollten. Ein überschaubarer Rahmen, wie Kolle fand.

Die Maybachs hatten darauf bestanden, ihren gebuchten Urlaub auszunutzen. Ilona und Franziska blieben auch auf der Hallig. Für sie bestand ja nun kein dringender Tatverdacht mehr. Sie mussten aber damit rechnen, dass sie wegen des Verdachtes der Vorbereitung eines Tötungsdeliktes vor Gericht erscheinen mussten. Das zu entscheiden lag in den Händen von Staatsanwalt Eysenhardt.

Es gab heute ein Dreigänge-Menü mit „Salat der Salzwiese", einer „Friesenrind-Roulade an Rotweinsauce" und Crème Brûlée als Nachspeise. Wer vegetarisch wollte, konnte wählen zwischen einem Gemüsecurry und marokkanischem Taboulé. Die Getränke spendierte Budnik.

Sie saßen wieder gemeinsam an einem großen Tisch und es wurde viel gelacht und sich gegenseitig zugeprostet. Larsson zog eine Augenbraue leicht hoch, als Onne ihm mit übertrieben ausgeschmückten Details von ihren Ermittlungen erzählte. Ein eindeutiges Zeichen, erinnerte sich Kolle, dass sein Husumer Kollege sich gerade köstlich amüsierte.

Nach dem Essen saßen sie gemeinsam an der Bar, eine Flasche Whiskey vor sich stehend.

Onne räusperte sich und fragte: „Kannst du uns bitte jetzt mal haarklein erklären, wer, warum und wie den Wolters umgebracht hat?"

Kollerup grinste schief und sagte: „Wie heißt das Zauberwort?"

Onne verdrehte seine Augen und sagte: „Bitte."

Dann erzählte Kolle alles der Reihe nach: „Jan-Ole war unsterblich in Nele verliebt. Als er sich ansehen musste, wie sich der Wolters seine Königin schnappte, fasste er den Plan, seinen Widersacher zu ermorden. Es durfte nicht nach einem Mord aussehen.

Er fand heraus, dass Rizin eines der tödlichsten Gifte ist, das sich jeder in Form von Samen beschaffen kann. Nichts war leichter, als sich eine ausreichende Menge Wunderbaumsamen ganz normal über einen Onlineversand zu besorgen. Eine Handvoll Samen genügt, einem Menschen irreparablen Schaden zuzufügen. Auch die Gerätschaften zum Zerkleinern und Pulverisieren hatte Jan-Ole sich im Internet bestellt.

So vergiftete er den Wolters mit kleinen Dosen über mehrere Monate. Eine sofort tödliche Dosis wollte er möglichst vermeiden, so dass der Verdacht nicht auf ihn fallen konnte."

„Das ist ja der Hammer!", rief Onne. „Man kann sich also ohne Probleme das Gift in Form von Samen bestellen?"

„Ja, und man kann alles andere, was man zur Herstellung benötigt, dort bestellen." Kolle nickte und fügte hinzu: „Dazu muss man nicht mal ins Darknet. Man kann sich quasi überall informieren, wie groß die tödliche Dosis sein muss, wie man das Zeugs lagert und so weiter. Wer es wirklich will, kann jederzeit zum Mörder werden. Ganz unauffällig."

„Wie kommen da nun die Sievertsens und Nele ins Spiel?"

Auch das konnte der Kommissar erklären: „Die Tochter der Sievertsens wurde in den 70er Jahren bei einem Verkehrsunfall mit Fahrerflucht getötet. Der Täter wurde nie gefasst. Eines Tages, in den 90er Jahren, begegneten sich Wolters und die Sievertsens auf einer Hochzeitsfeier. Dort erzählte Wolters im Suff, wie toll er war. Und er verplapperte sich. Er erzählte von einem Unfall, den er als Jugendlicher hatte. Ort, Zeit und alles stimmte mit dem überein, was die Sievertsens über den Tod ihrer Tochter wussten.

Jahrelang lebten sie mit diesem Wissen und wollten den Wolters nun auf der Hallig betäuben und im Meer ertrinken lassen.

Genauso wie Nele hatten sie sich rein zufällig dasselbe Medikament beschafft, das sie als Waffe benutzen wollten.

Nele wollte den Tod von Wolters, weil er sie verlassen hatte, obwohl er sie geschwängert hatte. Außerdem wollte er die Vaterschaft nicht anerkennen. Der einzige Ausweg, den sie sah, war Wolters zu ermorden.

Jan-Ole unterstützte sie dabei und trieb sie regelrecht dazu, seinen Kontrahenten zu beseitigen. Außerdem verschwieg er seiner Angebeteten, dass er mit dem Rizin bereits über Monate den Wolters vergiftete. Natürlich in kleinen Dosen, die zu unangenehmen Folgen führten, aber nicht tödlich waren. Die letale Dosis gab er dem Wolters versteckt in der Wodkaflasche, die Nele mit ihrem Medikament verfeinerte."

Als Kolle einen Schluck nahm, entstand eine unangenehme Pause.

„Das heißt also, dass wir vier Mörder haben?", fragte Budnik in diese Stille hinein.

Kolle nickte. Er zählte auf: „Jan-Ole, Kurt und Heidi." Er nahm wieder einen Schluck. „Und Nele", murmelte er.

„Sie bekommt sicher mildernde Umstände", sagte Budnik tröstend.

Kolle winkte ab. „Ja. Kurt und Heidi ganz sicher auch. Aber das haben wir nicht zu entscheiden."

„Aber wie lief der Mord nun ab?" Onne ließ nicht locker.

Kolle schüttelte deprimiert den Kopf und forderte Larsson auf, fortzufahren. Der war natürlich völlig im Bilde und konnte jedes Detail berichten.

Er erzählte, wie das Ehepaar Sievertsen mit Nele gemeinsam Wolters vergiftete. Zusammen mit dem Rizin, das Jan-Ole in dem Wodka gemischt hatte, kamen die beiden identischen Schlafmittel hinzu. Dieser Mix aus zwei Stoffen war ausreichend, um Wolters in eine tiefe Bewusstlosigkeit zu stürzen. Eher Zufall war es, dass es Wolters gelang, halbwegs wach im Unwetter herumzutorkeln. Auch war es

Zufall, dass er am Hals von einem Trümmerstück getroffen wurde, das einen erheblichen Blutverlust verursacht hatte. Das alles zusammen führte zum Tod des Opfers.

*

Irgendwann am frühen Morgen saßen an der Treppe der Hotelwarft drei ziemlich angetrunkene Männer auf einer Bank und lauschten den Klängen von *Hotel California,* während über dem Wattenmeer die Sonne aufging.

Ein Joint wanderte herum und versüßte die feuchte Luft, die einen Hauch von Salz und Sommer hatte. Ein Schwarm Möwen flog träge vom Festland heran und landete auf der Schafweide. Sofort begann eine Balgerei um die besten Schafköddel.

„Die Welt kann so friedlich sein", seufzte Kolle. Ein zweifaches zustimmendes „Jo" kam als Echo.

„Jemand noch'n Bier?", fragte er. Ein zweifaches zustimmendes „Jo" folgte.

Als nach zwei Minuten niemand aufstand, sahen sich Onne und Larsson träge an.

„Wer geht?", fragte Onne.

Larsson zuckte mit den Schultern und zog am Glimmstängel. Mit wissenschaftlichem Interesse betrachtete er die Glut, als er den Rauch langsam ausstieß. Dann gab er ihn an Onne weiter.

„Immer der, der fragt", war seine lakonische Antwort.

„Niemand geht", murmelte Kolle und griff unter die Bank und hatte drei Bügelflaschen in der Hand. Schweigend prosteten sie sich zu und sahen den Möwen nach. Die ersten Schafe trotteten aus der Kirche ins Freie.

Es sah nach einem strahlenden Sommertag aus.

Kurzes Nachwort

Als ich 2016 die Idee zu diesem Krimi hatte, war mir schon bewusst, dass es auch in Deutschland zu Tornados kommen kann. Dass diese Wirbelstürme erhebliche Schäden anrichten, war mir auch bekannt.

Mein Gedanke war: „Was wäre, wenn es sie in größerer Form gäbe?" Erst im Laufe der Plot-Entwicklung habe ich interessehalber recherchiert, mit welchen Tornados wir in den letzten Jahren zu tun hatten. Ein Suchergebnis führte mich zu einem Ereignis auf der Helgoländer Düne. Diese Nebeninsel von Helgoland wurde am 12. Juli 2010 von einem Tornado verwüstet. Mehrere Verletzte waren die Folge, die Sachschäden hielten sich in Grenzen.

Letztendlich nicht unwahrscheinlich mein Szenario, das man auf den Klimawandel mit der Meereserwärmung zurückführen kann, wovon auch die relativ flache Nordsee aktuell betroffen ist.

Auf der Suche nach einem Ort der Handlung fiel mir sofort eine der Halligen ein, die es bei uns im nordfriesischen Wattenmeer gibt: Hooge. Da ich keinen Krimi schreiben wollte, in dem jede Straße und jedes Haus real vorhanden ist, erfand ich die Hallig *Grienoog*. Das ist Friesisch und bedeutet *Grüne Insel.* Man könnte nun einwenden, dass eine Hallig keine Insel ist, aber ich fand den Namen ganz hübsch.

Im Krimi streife ich zwei der hier an der Westküste Schleswig-Holsteins wichtige Themen: die Windkraft und die Wattführerbranche. In der Debatte über Windkraftanlagen kommt es immer wieder zum Streit zwischen Umweltverbänden und der Politik. Auch ist der Konkurrenzdruck unter den Firmen genauso knüppelhart wie der in der Wattführerbranche.

Anhang

Personen der Handlung

Hauptkommissar Kollerup, 56 Jahre
Onne, malender Schafhirte, 50 Jahre

Der Tote:
Kai Wolters, 67 Jahre, Wattführer

Hotelcrew:
Bernd Budnik, 60 Jahre, Hotelchef
Helga Budnik, 55 Jahre, seine Frau

Knut, 23 Jahre, Rezeption und „Roomboy“

Svenja, 30 Jahre, Rezeption, Zimmermädchen, verantwortlich auch für die „Souvenir-Ecke“

Nele, 26 Jahre, Bedienung und Zimmermädchen

Arne, 45 Jahre, Chefkoch

Thore, 20 Jahre, Küchenhilfe

Maik, 33 Jahre, Barkeeper, tagsüber und wetterabhängig an der Strandbar und abends an der Hotelbar *Hafenbar* tätig

Jan-Ole, 57 Jahre, Haustechniker, kümmert sich auch um den Minigolfplatz

Hotelgäste:
Erdgeschoss
Zimmer 1 Christa Hansen, 65 Jahre, pensionierte Sekretärin
Zimmer 2 Ehepaar Sievertsen, beide 68 Jahre, Rentner
Zimmer 3 Kein Gast
Zimmer 4 Kein Gast

Erster Stock
Zimmer 5 Kollerup
Zimmer 6 Franziska Koch, 30 Jahre
Zimmer 7 Ehepaar Maybach (beide um die 40) mit Malte, 6 Jahre
Zimmer 8 Ilona Schneider, 28 Jahre

Außerdem:
Staatsanwalt Eysenhardt

Pathologe, Gerichtsmediziner und Forensiker Dr. Lührssen

Kommissar Seigur Larsson, Kolles „rechte Hand"

Thore Carstensen, Chef der neu gegründeten Abteilung *TSB* (Tatort-Spurensicherung und Beweismittelauswertung), eine neue Abteilung, in der die ehemalige *KTA* (Kriminaltechnische Abteilung) mit der *SPUSI* (Spurensicherung) nach Vorbild der *CSI* (Criminal Scene Investigation) zusammengelegt wurde.

Kurze **Erläuterung einiger Besonderheiten** an der nordfriesischen Küste. Wer es ganz genau wissen möchte, kann sich bei folgenden Institutionen informieren:

LKN-SH (Landesbetrieb für Küstenschutz, Nationalpark und Meeresschutz Schleswig-Holstein), Husum oder Tönning

Nationalpark-Haus, Husum

Nordfriisk Instituut, Bredstedt

Nordfriesisches Museum. Nissenhaus, Husum

Die Halligen

Reste des ursprünglichen Gebietes Uthlande, das durch Sturmfluten im Laufe der Jahrhunderte zerstört wurde.

Es gibt mehrere Theorien über die Herleitung des Begriffs „Hallig". Eine davon erklärt ihn als Ableitung vom germanischen Wort für *Salz (hall),* da in diesem Gebiet der Uthlande Salz gewonnen wurde. Was auch von vielen Wissenschaftlern bestätigt wird, ist, dass sich das Land durch die exzessive Salzgewinnung gebietsweise abgesenkt hat.

Die zweitgrößte Hallig mit den meisten Bewohnern ist Hooge. Die flächenmäßig größte ist Langeneß. Die Halligen sind nicht durch einen Außendeich gegen Sturmfluten geschützt und werden bei entsprechender Wetterlage überflutet. Die Gebäude stehen, allein oder in Gruppen, auf sogenannten Warften, künstlichen Erdhügeln, die vom Wasser (noch) nicht überspült werden.

Die Halligen des nordfriesischen Wattenmeers sind einzigartig auf dem Erdball und gehören zum UNESCO-Welterbe.

Haubarg

Das typische Bauernhaus auf der Halbinsel Eiderstedt.

Nach einer der großen Sturmfluten des 16. Jahrhunderts, bei denen tausende Friesen starben, besiedelten Einwanderer, von Dithmarschen kommend, das nun stellenweise entvölkerte nördliche Friesland. Diese Siedler brachten die Bauart des Haubarges (etymol.: Heu bergen) mit, die ursprünglich durch den Einfluss der Holländer entstand.

Das Gebäude mit dem riesigen Stauraum unter dem Reetdach diente zum Heu bergen und als Lagerplatz für ungedroschenes Korn. Gewaltige Eichenständer umschließen den Vierkant, auch Gulf genannt. Um dieses Ständerwerk gruppieren sich die Wohnräume und Stallungen. Die Dreschtenne, die Loh, liegt seitlich. Von hier wurde die Ernte im Vierkant gestapelt. Das ganze Bauernhaus erhält seine Stabilität durch diese Ständerkonstruktion. Sollte eine Sturmflut einmal die Außenmauern zerstören, bliebe der obere Teil bestehen.

In einem Haubarg lebte Mensch und Tier gemeinsam unter einem Dach. Nicht selten wurden Haubarge auf Erdhügeln erbaut, den Warften. Da es zu der Zeit keine oder nur rudimentäre Schutzwälle gegen Hochwasser gab, war dies die einzige Möglichkeit sich vor einer Sturmflut zu schützten.

Die Höhe des Reetdaches beträgt nicht selten 15 Meter und hat zwei bis drei Etagen. Die Grundfläche der meisten Haubarge beträgt knapp 900 Quadratmeter.

Warft

Eine Warft ist ein aus Kleiboden bestehender aufgeworfener Hügel, auf dem die Küstenbewohner der Nordseemarsch ihre Häuser gebaut haben. Im Schnitt sind heute die Warften fünf bis sechs Meter hoch.

Gebräuchlich sind auch die Begriffe Wurt, Worth oder Warde. Zu finden noch in Ortsnamen, wie Oldenswort oder Witzwort. Oft stand nur ein Haus auf der Hallig. Einige Halligen, wie Hooge, haben auch Warften, auf denen mehrere Häuser stehen.

Schobüll

Seit 2007 Stadtteil von Husum/Nordsee.

Nicht ohne Murren der Schobüller wurde 2006 im Gemeinderat beschlossen, sich aus Kostengründen der Stadt Husum einzugliedern. Inzwischen ist, im Jahr 2017, Ruhe eingekehrt. Die Husumer Großstädter erholen sich gerne im schönen Luftkurort Schobüll.

Schobüll ist der einzige Ort an der Nordseeküste ohne Deich, da der Ort luftige sechs bis sieben Meter über dem Meeresspiegel liegt. Darum ist der Husumer Stadtteil beliebt unter denen, die sich ein Häuschen mit Blick auf die Husumer Bucht leisten können. Entfernung von Ortskern zu Ortskern: knapp 5 Kilometer.

Husum

Kreishauptstadt von Nordfriesland. Bei der letzten Kreisreform aus den ehemals eigenständigen Landkreisen Husum, Eiderstedt und Südtondern zusammengelegt.

Husum hat keine eigenständige Polizeidirektion, sondern ist der in Flensburg als Revier untergeordnet. Ebenso gibt es in Husum weder eine Staatsanwaltschaft noch ein Gerichtsmedizinisches Institut mit Pathologie.

Aber es gibt ein Amtsgericht. Immerhin.

Rungholt

Rungholt wurde 1361 zum ersten Mal urkundlich erwähnt, als den Hamburger Kaufleuten Handelsfreiheit gewährt wurde. Diese nach neuesten Schätzungen 1500 bis 2000 Einwohner zählende Dorfgemeinschaft aus mehreren Ortsteilen wurde bei der Marcellusflut, bekannt als die erste *Grote Mandränke,* im Januar 1362 komplett zerstört.

Weil die Bewohner der Uthlande den salzhaltigen Torf abbauten, um Salz zu gewinnen, versank das Land immer tiefer unter dem damaligen Meeresspiegel.

Allerdings weiß bis heute niemand, wo genau dieser Ort lag. Immer wieder tauchen Mauerreste oder Brunnen im Watt bei Ebbe auf oder es werden Tonscherben gefunden.

Da Rungholt nicht der einzige Ort war, der bei den Sturmfluten des 14. Jahrhunderts zerstört wurde, ist es unmöglich zu sagen, wo dieser Ort genau lag. Zwar gibt es alte Karten, auf der Rungholt verzeichnet ist, aber die exakte Lage ist nicht bekannt, weil die Karten, auf denen Rungholt eingezeichnet ist, NACH der Sturmflut von 1362 angefertigt wurden.

Danksagung

Den Bewohner der Halligen gewidmet.

Bedanken möchte ich mich bei meiner Frau für ihre Geduld und Einsicht, meine Nachtschichten an der Tastatur klaglos hinzunehmen.

Und nicht zu vergessen bei meinem Kater Leo! Ein stiller, aber wertvoller Mitarbeiter, der sich mit mir die Nächte an der Tastatur um die Ohren geschlagen hat.

Natürlich geht mein Dank auch an den Verlag und an die Lektorin Katrin Schäfer. Ohne sie gäbe es dieses Buch nicht.

Marion Petznick

DIE LAST DER LUST

Ein Ostsee-Krimi

kartoniertes Buch
ca. 310 Seiten
13,00 EUR [D]
ISBN 978-3-946734-87-1
ET: Mai 2021

Ebook epub
ISBN 978-3-946734-95-6
Ebook PDF
ISBN 978-3-948972-16-5

Lisa Liebich hat ihr Jurastudium gegen eine feste Stelle im Team des Rostocker Kommissariats eingetauscht. Kurz nach dieser Entscheidung ist ihr Spürsinn gefragt, ein Fall konfrontiert sie und ihre Kollegen mit finsteren Machenschaften im Darknet.

Die Ermittlerin stößt auf eine Gruppe, die nach dem besonderen Kick Ausschau hält, indem Frauen gedemütigt und Opfer brutal misshandelt werden. Aber schreckt die Gruppe auch vor Mord nicht zurück? Die Frage stellt sich, als eine Frauenleiche gefunden wird.

Peter Pachel

BRENNENDER SOMMER

Ein Ägäis-Krimi

kartoniertes Buch
ca. 300 Seiten
13,00 EUR [D]
ISBN 978-3-948972-02-8
ET: April 2021

Ebook epub
ISBN 978-3-948972-03-5
Ebook PDF
ISBN 978-3-948972-20-2

Für Filippos Panos, den neuen Polizeichef von Paros, beginnt der Dienst mit dem Fund einer Leiche. Der Tote gehörte zu einer Gruppe von Freunden, die auf der Insel gemeinsam ihre 30-jährige Freundschaft feiern wollten.

Erste Ermittlungen deuten auf einen Unfall hin, bis ein zweites Opfer die Clique in Angst und Schrecken versetzt. Misstrauen, Neid und verdrängte Gefühle brechen auf, während eine Spur in jenen unbeschwerten Sommer im Jahre 1988 führt.